Investment

Investment

Investment

Investment

獨孤求敗 贏在修正的股市操盤絕技

獨孤求敗 著

目錄

PART 1 心法篇：改變，從現在開始

本書使用說明：

❶ 你是技術分析派，學了很多技術分析還是無法穩定賺錢，有瓶頸無法突破：請參考 1-1 選擇比努力重要、2-1 贏在修正：交易在買進之後，不在買進之前。

❷ 你是巴菲特信徒，想學巴菲特滾雪球，長期持有好股票用複利的方式讓財富增加，本書教你如何滾雪球最快：請參考 3-5 高賣低買買更多。

❸ 你追蹤籌碼，進場以後不知道該何時下車，有時候看籌碼買進隔天就下跌，看籌碼操作有時賺錢有時賠錢：請參考 1-1 選擇比努力重要。

❹ 你不知道手中股票何時賣？請參考 3-4 不要持有倒槌部位。

❺ 你想要學會一個簡單會賺錢的交易方法：請參考 3-3 一線定江山：主力成本線。

❻ 想學無須再拿出本金的華爾街無本加碼法：請參考 3-6 無本加碼法。

❼ 如果你想要快速學會選擇權買方，想要學會倍數獲利的方法：請參考 3-7 選擇權買方倍數獲利。

❽ 如果你想要快速學會選擇權賣方，想要學當莊家收現金流：請參考 3-8 選擇權賣方創造現金流、2-3 贏在修正：頭部完成。

❾ 你不喜歡賠錢，你希望每次出手都賺錢，你不喜歡輸的感覺，這樣想讓你賺錢的時候很想走，賠錢的時候固執己見：請參考 2-1 贏在修正：交易在買進之後，不在買進之前、1-1 選擇比努力重要。

❿ 你認為高勝率才是王道，為了確保獲利卻讓你操作越做越短：請參考 3-2 長線操作、1-1 選擇比努力重要。

⓫事後看走勢都是這麼清晰，當下卻是霧裡看花。覺得自己應該賺得到錢但卻沒賺到，想要知道原因：請參考1-2養成寫交易日記的習慣。

⓬看得懂行情不敢做，看不懂行情拚命做，對於強勁的走勢你有心理障礙、不敢進場，對於已經漲一段、明確的走勢你會害怕買在高點，最後錯過最肥美的一段：請參考1-4進場的勇氣。

⓭你喜歡買在起漲點、空在起跌點，喜歡便宜買不喜歡買貴，這樣讓你變成喜歡猜頭猜底，一路上漲一路放空，一路下跌一路買進：建議你參考1-4進場的勇氣、2-7贏在修正：KD指標。

⓮賣掉的股票一直漲令你捶心肝，你曾經低價進場卻早早獲利出場，財富總和你擦肩而過：請參考1-5為什麼手上的股票不會漲。

⓯你想要波段交易做長線，但是走勢大幅拉回你不知道該不該走，既怕太早賣又怕太晚賣，走與不走讓你陷入兩難：請參考2-8贏在修正：再修正、1-5為什麼手上的股票不會漲。

⓰你很想賺錢，買很多想要大賺一把，賠錢的時候卻不知道該怎麼辦：請參考1-6貪婪的盡頭是恐懼、1-9買很多就賠錢，買一點點就賺。

⓱你曾經大起大落，你想改變：請參考1-6貪婪的盡頭是恐懼、1-3天使卡與惡魔卡。

⓲賠錢以後你會想急著賺回來的心情常讓你連續犯錯、過度交易：請參考1-7連續犯錯。

⓳ 賠錢以後你縮手不敢下單，久久無法從虧損中回復：請參考 1-9 買很多就賠錢，買一點點就賺。

⓴ 很奇怪！買很少就賺；買很多就賠：請參考 1-9 買很多就賠錢，買一點點就賺。

㉑ 如果你有以下疑問，為什麼賠錢不能加碼？降低持股成本不是很好嗎？請參考 1-8 加碼攤平。

㉒ 如果你是賭徒：請參考 1-6 貪婪的盡頭是恐懼、1-8 加碼攤平。

㉓ 如果你想跟我一樣，擺脫輸家的命運邁向贏家之路：請閱讀 1-3 天使卡與惡魔卡、1-1 選擇比努力重要。

㉔ 如果你想讓自己越來越強，越來越進步、越賺越多：請閱讀 1-2 養成寫交易日記的習慣。

㉕ 想一窺索羅斯的賺錢密技：請參考 2-1 贏在修正：交易在買進之後，不在買進之前。

㉖ 你一直在尋找神準的進場點：請參考 2-1 贏在修正：交易在買進之後，不在買進之前。

㉗ 均線交叉有時候準有時候不準：請參考 2-2 贏在修正：均線交叉。

㉘ 如何靠頭部型態、底部型態賺錢：請參考 2-3 贏在修正：頭部完成。

㉙ 長紅買進以後就不漲，怎麼辦？請參考 2-5 贏在修正：長紅。

㉚ 不知道何時跌真的，何時跌假的？請參考 2-4 贏在修正：長黑。

㉛ 期貨當沖常常騙線，怎麼解？請參考 2-6 贏在修正：當沖騙線。

㉜**KD指標怎麼用?** 請參考2-7贏在修正:KD指標。

㉝**停損設定的探討、反手的探討**:請參考2-8贏在修正:再修正。

㉞**債券天王葛洛斯的「讓勝利站在你這邊的『長期觀點』投資術」**:請參考3-1判斷趨勢。

㉟**想要快速判斷股票的走勢方向,以及快速判斷股票可不可以買?** 請參考3-1判斷趨勢。

㊱**如果你順勢交易還賠錢**:請參考3-2長線操作。

註 解

● 本書所有線圖來源出自於悅陽科技鑫豐股票軟體。

● 為了回饋讀者,我特別錄製一系列的教學影片,
有興趣的朋友可以連結網頁索取 https://goo.gl/VSxNKN

● 選擇權交易要看台指期走勢還是看加權走勢?短線操作看台指期,長線操作看加權指數。選擇權報價直接反應台指期價格,所以短線操作看台指期。短線上台指期和台股加權走勢雖略有差異,但是週期拉長來看,台指期和加權指數幾乎同步,兩者我會一起看,所以書中舉例選擇權時,加權指數和台指期指數都有用到,長線來看兩者差異不大。建議讀者也可以這樣使用。

前　言

　　這本書可以說是一本散戶到專職交易人的成長書籍，內容描寫我怎麼從普通上班族變成一個專職的操盤手、中間做了哪些轉變、如何擺脫散戶輸錢的命運、用了哪些方法賺錢等，一一翔實記錄在書中。時間花在哪裡，成就就在哪裡。相信以我股海十多年的交易經驗，可以帶給讀者很有價值的經驗分享。時間是這個世上最寶貴的資源，時間是有限的，我們應該在有限的生命裡面，以最少的時間得到最好的效果。你可以不用跟我一樣，花大量的時間在股海裡摸索賺錢的方法，像瞎子摸象般不斷嘗試；你可以不用跟我一樣繳交大量的學費給市場，賠錢以後還不見得知道怎麼做才是對的；你可以從我這裡快速得到寶貴的交易經驗和賺錢方法，只要透過這本書，可以大幅的縮短學習曲線，省下大量的時間和金錢。

　　這本書分成三個部分，第一部分列出從散戶到專職交易人的關鍵改變。原來，以前我都把重點放錯地方：放在技術分析、研究基本面和追蹤籌碼上。將這些資訊當做交易的依據，可能對也可能錯。因為只要有心，技術線型可以騙線、財報可以美化、籌碼可以當誘餌、消息可以掩飾出貨。市場沒有什麼是確定的，真真假假，而以前的我卻把重點放在這些不確定的事情上。其實，賺賠的重點不在買進之前的分析，而是在買進之後的部位處理，和部位規模的設定。在這個部分裡，我以這個重點為基礎，開門見山的分享要擺脫輸家模式，成為贏家模式的關鍵改變有哪些，列舉出多條投資人常犯的錯誤，並且一步一步的給予投資人建議。看完這個部分，你將會豁然開朗。

　　第二部分，延續第一部分投資賺錢的重點不在準確的預測，而在如這部分主題標明的「贏在修正」，這個部分闡述的就是這個贏家交易的核心觀念。我曾問永豐期貨自營主管顏兆陽：「你們自營部裡面較會賺錢的操盤手有何共同特色？」他想了一下回答說：「多疑。」想要在市場上賺錢必須隨時懷疑自己是否錯了，並順服於走勢。不管用任何理由進場，走勢和預期不同，我們就得做出修正。所以這個部分舉了幾個大家比較熟悉的技術分析的修正法：均線交叉、KD交叉、長紅K、長黑K、頭部完成、當沖騙線等。技術指標繁多，礙於篇幅無法一一舉例，這些技術指標的修正案例，只是拋磚引玉，讀者可以自行延伸到你所使用的任何技術指標上。這個部分也提供「贏在修正」的進階技巧，有關趨勢盤的修正，讀者可以翻閱這部分的7.「贏在修正：KD指標」，有關趨勢盤和盤整盤的修正討論可以參閱第二部8.「贏在修正：再修正。」

　　第三部分，是實戰篇，討論順勢交易的重要，並從實戰中體驗順勢長線交易與修正的威力。債券天王葛洛斯說：「把注意力關心未來三到五年，就等於在心裡給自己打個暗號，告訴自己投資不是賭博，而是建立長期布局。這同時可以幫助你降低投資決定時所產生的貪婪與害怕。」這裡葛洛斯所說的「長期（布局）觀點」就是「順勢交易」。《海龜投資法則：揭露獲利上億的成功祕訣》這本書的作者克提斯說：「我的績效之所以遠遠超過其他海龜學員，是因為我找到有趨勢、且漲不停的商品」。想要有大的獲利，必須順勢交易且做長線，抱得住獲利部位，這是投資者主

要的獲利來源。傑西李佛摩也說：「獲利是坐著等出來的」。這一部分要教給讀者一個簡單、有效率的股票波段操作法則「主力成本線控盤」，這個賺錢的方法讓你一學就會，並且加以巧思，讓這個均線操作方法威力放大，教你如何股票越滾越多張。在5.「高賣低買買更多」裡，借用股票獲利上億的營業員投資心法，讓你不再害怕下跌，資產可以倍數成長；6.「無本加碼法」分享華爾街操盤人的操作密技，讓你加碼不用錢，有機會股票百張滾千張，觀念改變，讓你股票上漲賺錢，股票下跌也賺錢。只要照著方法持之以恆的做，財富可以倍增。最後提到選擇權，7.「選擇權買方倍數獲利」提到如何操作選擇權買方倍數獲利，用簡單的技巧可以得到大大的回報，8.「選擇權賣方創造現金流」提到如何用選擇權賣方賺取現金流的方法，文章淺顯易懂，沒有艱深的理論，只有實戰獲利方程式，讓不懂選擇權的投資者也能夠快速學會並且樂在其中。

賺錢是平易近人的，不是少數天才甫能做到的事情，不用超高的交易技巧，也沒有高深的技術分析，我做得到，你也做得到。邀請你打開這本書，跟著我一起在市場上賺錢。

自 序

　　我現在是專職交易者、投資的商品很廣，包括台股、權證、台指期、台指選擇權、美股、美股選擇權、外匯和房地產。操盤是我的興趣，我熱愛且喜歡投資成功帶來的成就感勝過金錢本身，所以整天與跳動的價格為伍，我認為時間花在哪裡寶藏就在哪裡。

　　我的另一個身分是百萬部落客，《選擇權搖錢樹》版主，筆名獨孤求敗。之所以自稱獨孤求敗，並不是我非常厲害不會失敗，而是我喜歡金庸小說筆下的這號人物。在現實生活中，看錯停損，對我來說是家常便飯，當你可以做到停損，像呼吸一樣自然，才可以達到賺錢像呼吸一樣自然的境界。我和大家一樣從平凡無奇的散戶出身，只不過幸運的是，我在永不放棄的個性和不斷的自我檢討中，悟出賺錢的真理，悟出道理以後，就好像打通任督二脈：操作選擇權會賺錢、操作期貨會賺錢、操作股票會賺錢、操作權證會賺錢、操作基金會賺錢。只要觀念對、方法對，應用在任何的金融商品上都可獲利。因為商品特性雖有不同，但賺錢和賠錢的道理都是一樣的。我的願望是把我悟出的賺錢道理分享給大家，希望可以幫助大家在投資的路上取得成功。

獨孤求敗

Part

1

心法篇
改變，從現在開始

你有沒有想過，影響投資帳戶賺賠並不在知識的多寡，而是源自於投資觀念和交易行為。藉由寫交易日記來檢討自己的交易、藉由天使卡和惡魔卡來幫助校正自己的交易行為，例如：「看得懂不敢做」、「看不懂拚命做」、「喜歡猜頭猜底」、「貪心買太多」、「害怕獲利不見賺一點就跑」、「不願面對損失捨不得停損」、「賭性起放大注碼」、「過度交易」、「加碼攤平」、「隨著恐懼和貪婪的情緒決定部位大小」……等。讓我們一起擺脫這些有害於交易的壞習慣，養成讓我們賺錢的好習慣。觀念對了、行為對了，自然就會賺錢。

1. 選擇比努力重要

巴菲特：「如果你在錯誤的路上，奔跑也沒有用。」

成為成功投資者的關鍵到底是什麼？這點很重要，它意味著要往哪個方向去努力才能成功。**先確定方向再努力，免得白費力氣。**那是要學好基本面分析？學會看懂財務報表？學會追蹤主力籌碼？學好技術分析判斷多空？還是千線萬線比不過一條電話線，得到市場內線消息最重要？以上所有的努力都是在發掘會漲的股票（或是找到會下跌可以放空的股票），但是投資的難處是「就算我每次做的事都一樣，也不會有一樣的結果」，上次讓我賺錢的方法，這次卻賠錢了，上次長紅突破盤整買進讓我賺錢，這次長紅突破買進卻讓我套牢；上次公司發布營收利多消息讓我賺錢，這次公司發布利多消息卻讓我賠錢；上次鎖定主力籌碼買進賺錢，這次卻讓我賠錢。投資充滿不確定性，我到底怎麼樣才能「確定」買進會賺錢？這是大多數投資人很想知道的事。

交易行為決定帳戶賺賠

在一次我舉辦的投資講座，有一位聽眾在講座結束後跑來問我：「我在交易外匯保證金，請問你有沒有準的的空點？保證金放大 500 倍槓桿，

我沒有辦法接受些許的錯誤，我研究了幾個月都找不到一定會下跌的空點。」

我回答他說：「放棄吧，我研究了十幾年也沒有答案，不用浪費時間在這上面。技術分析是機率，永遠有對和錯的時候。你應該把重點放在交易方法、資金管理勝於技術分析。放大500倍的槓桿沒辦法接受些微錯誤，那你去掉槓桿就可以忍受錯誤了。」

由這位朋友的表情可以看出，這不是他想聽的答案，他並不想要這麼做。

我可以理解他的想法和需求，他想要有準確的買進點和放空點，我曾經想過一樣的事，最好是買在最低賣在最高。我也曾花很長時間埋首於技術分析的書籍當中，從家裡一整面放滿技術分析和投資書籍的書櫃，就可以知道這些書本陪我度過多少漫漫長夜，學習技術分析是這樣的迷人，大家都期望用它來預測行情，我也曾去拜師學藝，老師教我很多，知識增長不少，但經過一次又一次的交易經驗累積，我發現幾件事情：

1. 我沒有辦法找到確定會漲的買點。
2. 就算我成功買在最低點，也不等於我得著財富。
3. 只要我想要賣在最高點，就會太早賣，錯過後面行情。
4. 漲跌是機率，重點在買進之後的部位處理，不在買進之前的判斷分析。
5. 技術分析沒有答案，交易行為才是影響賺賠的原因。

以前我總以為能夠準確預測行情走勢，就等於得到財富，殊不知**影響**

帳戶賺賠的不是進場點，而是進場以後的交易行為。如果沒有良好的交易行為，買在起漲點又如何？有一次我參與一個討論投資的聚會，一位老師和他的學生在台股收盤後的討論，討論的題目是當天台指期的操作，這位老師是一位技術分析很厲害的老師，據他所說他的勝率有九成（就先姑且相信吧），那天行情大漲151點。

> 這位老師說：「我在最低點進場期貨多單。」
> 學生說：「老師，根據你教的技術分析，不是應該在上漲36點的時候才出現進場訊號嗎？」
> 老師說：「因為我是老師，我用更高階的技術分析找到起漲點。」
> 學生說：「可是你賺10點就出場了。」

這位學生雖然進場比較晚，但是他幾乎到走勢的末端才獲利出場。老師比學生早進場，但是學生賺的價差比老師大，是老師厲害還是學生厲害？判斷行情的走勢選擇進場點，只是交易的起步，買進之後的部位處理才是真正重要的事情，我有位分析師朋友說過這樣的話：「當我手上沒有部位，專心給客戶分析行情時是準確的，當我自己也忍不住買些股票想要賺錢時就開始不準了。」這句話反映了一件事，就算一位具有良好判斷能力的專業分析師，也可能因為手上持有部位而變得不再客觀，進而影響判斷，如同愛情是盲目的，聰明的人也有糊塗的時候，千萬不要一廂情願的愛上你的股票。

順著人性交易的結果

「如果你有兩檔股票，一檔股票賺10萬，一檔股票賠10萬，今天你

急需用錢，你會賣掉哪一檔股票籌資金？」大多數的投資人會選擇賣掉賺錢的股票，因為賺錢出場是舒服的，賠錢出場是痛苦的，這影響了人的交易行為，我們會選擇舒服的方式交易，拒絕實現痛苦。但是如果換個題目問，得到的答案就會完全相反。

「今天你有兩家店，一家店每個月賺10萬，一家店每個月賠10萬，如果你要關掉一家店，你會選擇哪一家？」這個問題再清楚不過，應該沒有人會選擇收掉賺錢的金雞母，然而，在投資的時候，卻會選擇賣掉賺錢的金雞母留下賠錢貨，你不覺得很有趣嗎？

投資的不確定性會導致投資人兩種交易行為，一是害怕獲利不見而想要獲利入袋，二是會期待虧損的部位回成本。「**賺一點就跑**」和「**捨不得停損**」，是投資人最常見的兩大交易錯誤行為。試想，如果我們一直保持這樣的交易行為會有甚麼樣的結果。

技術分析是機率，漲跌充滿不確定，買進的點，總有對有錯，對的那一次不管行情走多遠，不管我們是不是買在起漲點，或者買在行情的中途，我們都會因為想要落袋為安而賺一點就跑，交易行為導致我們的交易結果賺錢永遠是**小賺**。

至於錯的那一次，當然也可能最後回本，但是也有賠更多的情況發生，如果我們總是對賠錢的部位抱著期待，最後只有三種結果：

1. 上帝保佑回本出場。

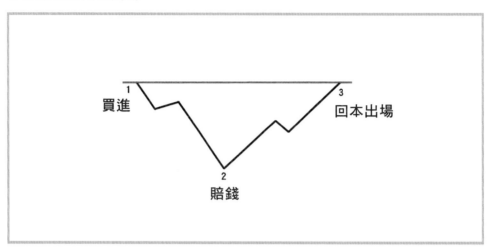

2. 熬過賠錢小賺出場。

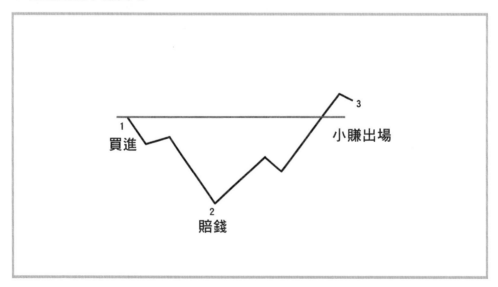

3. 賠大錢出場。

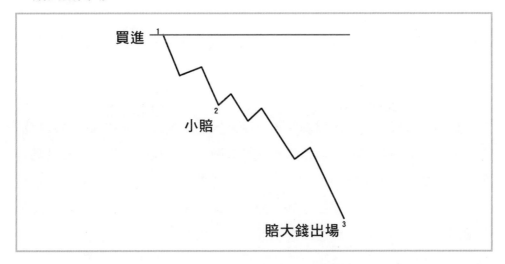

捨不得停損的交易行為，讓我們賠錢出場的時候永遠是賠大，因為我們的交易行為，導致我們投資交易會是小賺、大賠、小賺、大賠……讀者若把帳戶淨值數字連成曲線圖，可以看出，就是一個空頭走勢。

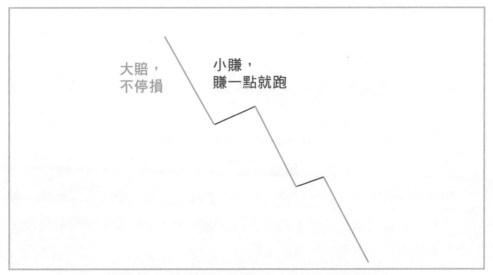

▲ 進場之後的交易行為導致我們的帳戶走空頭走勢。

贏家反人性交易

順著人性所導致的結果是大賠小賺，那麼只要違反人性交易就可以成為贏家囉？

是的，股票市場之所以贏家不到兩成，並不是因為這些贏家智商特別高，或是知識特別豐富，而是這些贏家**有著與眾不同的心理素質和交易行為**。贏家贏在不與那90%的大眾做同樣的事情上。對一般人來說，停損是痛苦的，贏家必須果斷停損。對一般人來說，賺錢就想走；對贏家來說，必須忍住不吃棉花糖，願意放棄眼前的小利去追求大利益。

那些贏家生存的年代或許不同，操作的商品或許不同，賺錢的方式或許不同，但是賺錢的道理是共通的。

華爾街名言：「讓獲利持續奔馳，讓虧損馬上停止。」
李佛摩名言：「看好手中虧損的股票，賺錢的股票會自己照顧自己。」
索羅斯名言：「判斷對錯並不重要，重要的是在正確時獲取了多大的利潤，錯誤時虧損了多少。」
巴菲特名言：「投資股票的第一原則：不要賠錢。」

順著人性有太多有害於投資的行為，要成為贏家，就要一一剷除，並且反著做。要扭轉帳戶淨值大賠小賺的空頭走勢，必須要改變交易行為，反過來做就成為大賺小賠的多頭走勢。

行為	結果		行為	結果
不停損、凹單	大賠	→	果斷停損	小賠
賺一點就跑	小賺	→	抱住獲利	大賺

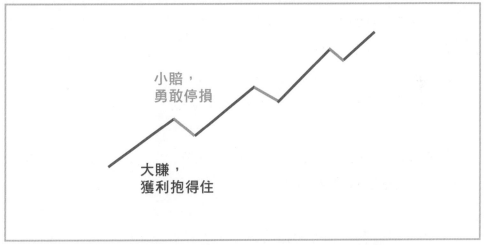

▲ 帳戶淨值多頭走勢曲線圖：交易行為對了，帳戶開始賺錢。

　　影響我們帳戶走勢的是我們的想法、交易行為，是買進之後的部位處理，而不是何時買進。就算我們買在低點也未必能夠大賺出場，因為早就獲利了結，就算我們追在高點也未必會賠很多，因為懂得停損。**交易在買進之後不在買進之前**，所以，研究買進之後部位該怎麼處理，怎麼改進自己的交易壞習慣、改善自己的交易缺點，這才能真的讓我們改變帳戶走勢的趨勢。

　　現在讀者已經明白影響賺賠最重要的是什麼了，是交易觀念和交易行

為。接下來要把重點放在這裡。選擇比努力重要，把力氣花在對的地方事半功倍。本書將會一步步的帶領讀者建立好的觀念和養成良好交易行為，並且給予良好的交易方法。

大師語錄

「對任何事情，我和其他人犯同樣多的錯誤，不過，我的超人之處在於我能認識自己的錯誤。」

——喬治·索羅斯（George Soros）

2. 養成寫交易日記的習慣

有一天開車時，突然意識到閃光燈閃了一下，心想應該是測速照相，但我很肯定自己沒有超速。為了確認，繞回原處，這次開得更慢，沒想到照相機還是閃了一下。我覺得有趣，就連續繞了三次，每次都以龜速經過同一地方，而照相機都閃了一下，我忍不住笑了出來。兩週後我總共收到五張罰單，都是因為「沒有繫安全帶」。真是欲哭無淚！

很好笑的故事，不是嗎？多數投資人不知道自己真正「被開罰單的原因」而重複犯著同樣的錯誤，因此一而再、再而三的重蹈覆轍。這些錯誤像打開的水龍頭，不斷的漏財。

朋友喜歡投資股票，因此花了不少時間和金錢去上整套技術分析的課程。有一次我問他：「學了這麼多，你覺得幫助大嗎？」他說：「學之前還有賺錢，學完就賠很多錢了。」我不解的問：「為何學完反而賠錢？」他說：「以前啥都不懂，賠一點就趕快賣掉股票，現在學了很多技術分析，賠錢的時候我都會用老師教的來判斷之後的走勢，有時候跟老師教的一樣。根據技術分析判斷漲跌，讓我增加持股的信心，可以忍受暫時的賠錢，堅持到最後。可是有時候價格走勢卻很洩氣，讓我越賠越多，這些股票我都不知道該怎麼辦才好。為什麼股價會下跌？是我學的技術分析不

夠，所以還無法準確判斷走勢？」我回答他：「你賠錢的原因是因為你以前會停損，學完技術分析反而不會停損。賠錢不是因為技術分析的程度好壞。」

要找到賺錢、賠錢真正的原因，首先要從記錄交易開始，並認真檢討自己的交易。從交易紀錄中找出自己的行為模式，從中發現真正的自己，找出驅動自己「做決定」的真正原因。我能擺脫輸家的宿命，是經歷了「認識自己」、「檢討自己」、「改過自新」三個階段，而不是「技術面」、「基本面」、「籌碼面」等知識上的追求。

股價走勢難以預測，自己的行為模式是可預期的

大多數的投資人喜歡去預測價格走勢勝過觀察自己的行為模式。成功的關鍵在內省。有一次好友跟我聊投資，他說，他已經有好多年的投資經驗，對於投資的知識該學的他都學了，行情也都看得懂，但是總是賠多賺少，不知道怎麼樣才能開始賺錢。

我問他：「你有看過你的交易紀錄嗎？你曾把賠錢和賺錢的交易拿出來檢討嗎？」

他說：「我沒有這種習慣。」

我說：「這就可惜了，不要讓鮮血白流。賠錢要賠得有價值。賺錢也要記錄賺錢的原因，好讓下次能複製成功的模式。」

我說：「你應該寫交易日記，檢討自己每一筆的交易，寫下盤中買進、賣出的理由。這能幫助你了解自己。你的行為可能跟你想的不一樣。」

　　拿起價格走勢圖，事後來看總是這麼清晰，但當下總是有厚厚的一層迷霧。對於已發生的價格走勢總是能解釋得頭頭是道，該怎麼操作一目了然，但奇怪的是，當下的自己卻不是這樣做。若你不檢視自己的交易紀錄，不去探究自己「當下」買進、賣出的原因，你很可能無法了解真正的自己。而人的行為模式大多是固定的、可預測的，下次再發生同樣的情況，你還是會做相同的決定。就像是過了一年，走進同一家餐廳拿起同一份菜單，你很可能坐相同的位子、點相同一道餐點來吃。因為你的喜好沒有改變、你的習慣沒有改變，你的行為就會仍是一致的。投資也是，對於相同的事件、情境，人的反應是有一致性的。這次行情一路北上你不敢買進，下次行情一路上漲你也是一樣不敢買進。對於同樣的走勢，對於行情的恐懼是一樣的。

著手寫交易日記

　　有檢討才有進步。寫交易日記不同於分析文，不須像分析師一樣寫出漂亮的分析報告給別人看，寫交易日記的重點，在找到自己的錯誤並改善。依據自己的個性，寫出一份適當的交易日記，達到完整又不會造成太大負擔的交易日記。如何寫出一份有幫助的交易日記，又不會造成太大的負擔？有幾個重點：

1. 交易後馬上記錄自己的交易

　　隨手記錄最輕鬆而且記憶也最深刻，等到有空的時候才去整理自己的交易紀錄，不但累積的資料量大，還要一筆一筆回想當時的交易，非常耗時，而且負擔大，容易放棄，尤其是長線交易，沒有隨手記下來，過一段時間就會忘記當時是怎麼交易、怎麼思考的。

2.在圖上標示買賣點

　　圖示能一目了然。直接在走勢圖上標示買賣點、數量和價格，這樣不但能幫助自己日後容易閱讀，也可以讓別人很快的讀懂你的交易日記。只有流水帳的交易紀錄不太容易閱讀，人是視覺的動物，圖形化比較好吸收。

3.記錄當下買進、賣出的理由、內心想法

　　忠實記錄買賣當下的理由、內心想法，有助於了解自己，進而找出缺點並且改變自己。如果只記流水帳哪裡進哪裡出，對操作沒幫助。必須檢討賠錢的那筆單原因為何，下次不要再犯；了解賺錢的那筆單原因為何，複製成功的模式，這些才是讓自己進步的必要工作。若能找個朋友幫你複審，給你意見，那會是你天大的福氣。如果沒有也沒關係，從自我檢討起。

贏家恬恬在做的事

　　幫自己的交易做紀錄，日後才能檢討。市場上的贏家都是不斷的檢討交易然後改進。輸家是得過且過，不願意面對賠錢的對帳單，賺錢的時候才拿出來反覆欣賞笑容滿面。只有逃避沒有檢討，日後也不記得當初怎麼賺錢和賠錢，於是原地踏步。寫交易日記、每天檢討，每天都在進步，這是贏家恬恬在做的事。

交易日記範例

股票 長榮航（2618）交易日記

交易時間2014/10/15~2014/12/09

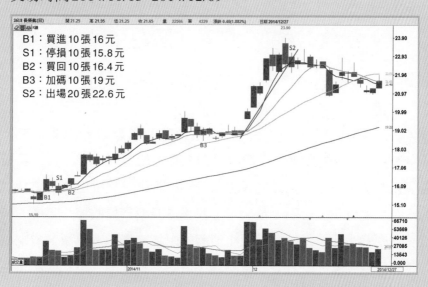

B1：買進10張16元
S1：停損10張15.8元
B2：買回10張16.4元
B3：加碼10張19元
S2：出場20張22.6元

編號	多空	時間	張數	價格	註記
B1	多	20141015	10	16	三線合一，突放量破長紅，買進，停損設長紅低點。
S1	空	20141017	10	15.8	觸及停損出場。
B2	多	20141021	10	16.4	用更高的價格，買回錯賣的股票。
B3	多	20141119	10	19	加碼，停損守20MA。
S2	空	20141209	20	22.6	股價急漲，跌破趨勢線出場。

3. 天使卡與惡魔卡

成功的交易來自於經驗，而經驗來自於失敗的交易

除了交易日記以外，另外一個幫助我非常大的，就是天使卡與惡魔卡。這個構想來自一個冷得讓人哆嗦的夜晚，那一夜，我獨自一人漫無目的的走在台北街頭，天空飄著綿綿細雨，疾駛而過的車輛濺起淤泥的水花，噴得我一身濕。這天早上我才從股票市場賠掉一年多的積蓄，有沒有這麼背？我一邊擦拭被泥水噴髒的眼鏡一邊喃喃自語。省吃儉用將錢存起來投資，無非就是想多賺點錢，沒想到還倒賠，還不如拿這些錢出國旅遊、買我捨不得買的東西。

我自認是個聰明人，很認真，也很努力學習，但是為何就是一直沒辦法在投資上成功？總是賺少賠多。到底是怎麼了？我該怎麼辦才好？遠離這害人不淺的股票市場嗎？「如果現在認輸離開，就是永遠的輸家，我要帶著微笑和驕傲離開，不留著失望和眼淚。」我這樣對自己說。要怎麼才能成為贏家呢？在我身邊沒有股市贏家可以學習模仿，我該怎麼辦才好呢？

突然靈光一閃而過！對了，只要找到輸家，然後專門和輸家反著做，

輸家往東我往西，輸家買進我賣出，就會成為贏家。輸家不用找，我自己就是！

想到此，忍不住哈哈大笑。

我自己就是輸家，反著做就能成為贏家！

我自己就是輸家，反著做就能成為贏家！

……

心裡反覆唸著，有如被雷打到的頓悟。

快步回家，迫不及待坐在書桌前拿起筆記本記下我這位輸家會幹的蠢事，寫在筆記本的左頁，然後筆記本的右頁寫下「反著做」的事。

輸家會做的事	反著做，贏家　會做的事
停損猶豫不決、凹單	果斷停損
獲利抱不住	獲利抱得住
貪心買太多	先算風險，用風險決定可以買多少
不願意買回錯賣的部位	錯賣買回
不敢順勢操作，喜歡猜頭猜底	勇敢順勢操作
賠錢加碼攤平	賺錢才能加碼
賠錢會急著想賺回來，連續犯錯	先冷靜再下單，控制損失
進場衝動、過度交易	克制自己的衝動情緒，學會等待好的出手點
堅持自己的看法	市場永遠是對的，根據走勢修正部位
其他	

　　洋洋灑灑寫滿了兩頁，沒想到我這麼蠢，還想在市場上賺錢，真好笑。訂正吧，就像小學生訂正錯字，多寫幾遍正確的字才會記得。我將這筆記本放在電腦前，當我在投資交易的時候，只要犯錯，就會在輸家會幹的事上記一筆，只要是反著做，就會在贏家會做的事上記一筆。江山易改本性難移，要改掉自己的壞習慣還不是件容易的事，例如大家都知道要停損，但是能做到的人是少數。我以前之所以一直是輸家，就是我這些有害投資的壞習慣還沒有改掉：**衝動下單、貪心買太多、不捨得停損、凹單、賭性起，加碼攤平、虧損擴大開始逃避，最後選擇眼不見為淨**。我從來不檢討自己的交易行為，從來沒有正視過這些錯誤，當然會一犯再犯，擁抱改變，命運才會改變。我將這輸家會做的事 vs. 贏家會做的事取名為天使卡 & 惡魔卡。

開始記錄天使卡 & 惡魔卡的前半年

　　沒有太大改變，我一樣衝動下單、一樣猶豫不決不知道該不該停損。每次我犯錯的時候，我都在「惡魔卡」上面用正字記上一筆。要反著做好難，滑鼠就是點不下去，我有心理障礙！就拿停損來說，雖然我知道要改變，但還是很本能的做原來的我，停損出場的那一刻，就像是要高空彈跳一樣，裹足不前、退縮。有一次買股票買在高點，有沒有這麼準，買進股價就下跌？再看一下……，當天我在「惡魔卡」上記一筆，隔天股價又下跌了3%，再看一下好了：當天我又在「惡魔卡」上記上一筆，隔天股價又下跌了4%，跌這麼多，等它反彈少賠一點再出場，當天我又在「惡魔卡」的錯誤上記上一筆，隨著犯錯的紀錄增加，我越來越氣自己，應該反著做的聲音在腦海中越來越大，再犯錯就把我的手砍掉！我對自己怒吼著，終於，隔天股價又下跌3%的時候，我咬牙將停損單送了出去，停損

出場如釋重負，感謝上帝，在「天使卡」畫下紀錄的那一刻，腦海中浮現投進致勝三分球，全場歡呼起立鼓掌的畫面，掌聲持續三分鐘，空中還降下彩帶。

起頭難，倒吃甘蔗

　　有了第一次的突破以後，第二次就會比較容易，而且猶豫的時間縮短，第三次反著做、第四次反著做、第五次反著做 …… 「天使卡」的紀錄越來越多，「惡魔卡」開始停止紀錄，看到自己的改變，是開心的。我很確定當我將這些錯誤一一改正，我就能成為贏家。擺脫輸家的宿命，從戒掉壞習慣起。一個習慣的養成需要21次以上，我花了整整兩年的時間才將錯誤修正，養成贏家的習慣。「戒掉壞習慣，養成好習慣」這點很重要。**投資的成績其實是在反映自己的交易行為，而不是反映我們的投資知識的高低。**至今我還是會在「惡魔卡」上犯錯，不過和以前比起來情節輕許多，次數也少了許多。投資其實就是面對人性，當我克制了人性上的缺點：不衝動、不貪心、不凹單、不自大、不優柔寡斷後，我規避了許多風險，而且當我針對人性上的缺點，反著做，我開始賺錢了！

　　滿多投資者對自己沒有信心，想要追隨名師、想要聽明牌、想要跟單、想要高手指點現在該怎麼做，該買進還是賣出？走勢看漲還是看跌？部位該不該留著？想一窺贏家到底是怎麼操作的。其實跟單、跟人，還不如跟著市場先生。外求不如內省，學了很多，但自己的缺點沒有改善，對於帳戶損益是幫助不大的，因為帳戶淨值曲線忠實的反映了我們的交易個性和行為。

改變，才能成為贏家

天使卡 & 惡魔卡格式如下：

惡魔卡		天使卡	
輸家會做的事	次數	反著做 贏家會做的事	次數

　　只要你願意改變，你會得到好處。請讀者花點時間在左邊「惡魔卡」底下列出你會犯的錯，並且在右邊「天使卡」寫下反著做贏家會做的事，再將天使卡 & 惡魔卡擺在電腦前，並配合交易日記的撰寫，誠實記錄自己的投資行為，嘗試改變，這不會馬上看到成果，過一段時間回頭來看，你會發現你不一樣了：投資的損失少了，獲利增加了。

4. 進場的勇氣

一次公開演講，我對現場聽眾做了測試，要聽眾依照股價走勢圖選出心中想買的股票。為了去除聽眾對個別股票的喜好，我特地遮住股票代號、名稱，僅以A股B股表示。

我是這樣說的：「有兩檔股票今天都漲停。A股，股價從9元漲到23.7元已經漲很多了，股價基期在相對高檔。B股，是低基期的股票，經過一大段的價格修正，股價在低檔剛開始由空翻多，盤整突破起漲第一天。兩檔股票今天都是強勢漲停，你只能選一檔股票買進，你會選哪一檔？為什麼？」

讀者可以一起參與這個選股遊戲，你的答案會是什麼呢？

A股：大漲一段

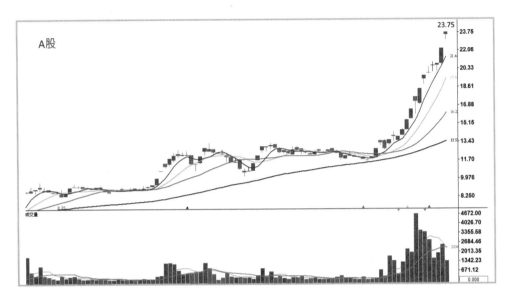

B股：底部起漲

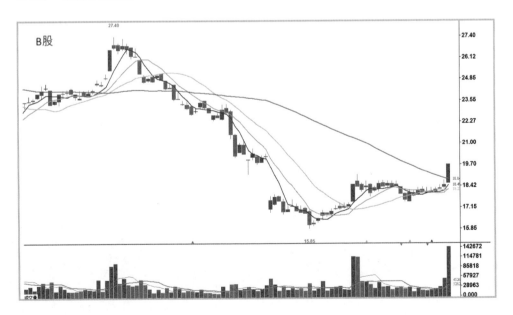

選A股的請舉手，沒有人舉手。

選B股的請舉手，超過一半的人舉手了。

我問：「為什麼你們不選A股？」

一開始鴉雀無聲，後來有人回答：「A股漲太多，現在進場危險。」我接著問：「為什麼你們選B股呢？」大家七嘴八舌的搶著回答：「因為它站上月線、季線，目前站在5、10、20、60均線之上，均線開始多頭排列。」「因為它帶量長紅突破盤整平台，視為有效突破。」「因為它穿過長期下降壓力線。」「因為……」

接著，我打開A股走勢圖，第二天跳空上漲收漲停，價格25.4元。

我問：「剛剛你們不選它，隔天它繼續跳空上漲收漲停，如果買得到，你們買不買？」

● 第二天跳空上漲收漲停，價格25.4元

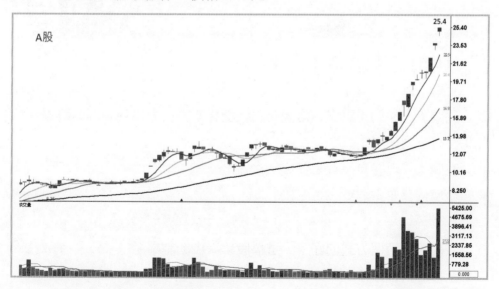

現場鴉雀無聲沒有人想買。

我好奇的問，「這支股票很強啊，你們為什麼不買？」

現場依舊一片安靜。

親愛的讀者，你會買嗎？

● 第三天，價漲量增收長紅，價格來到27.15元。

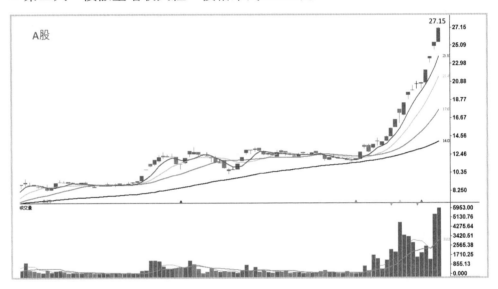

我問聽眾：「現在有沒有人想買？」

全場依舊一片寂靜。

我問：「你們不買它，是因為它在價格走勢上有出現走弱的跡象嗎？如果沒有，為什麼不買？」

我問：「現在有沒有人要買？」

全場依舊鴉雀無聲……。

我問：「換個方式問好了，這檔股票看多的請舉手。」

全部的人都舉手。

我問：「想買的請舉手。」

沒有半個人舉手。

親愛的讀者，你現在會想買嗎？

● 第四天，漲多拉回量縮收黑K，價格來到27.7元。

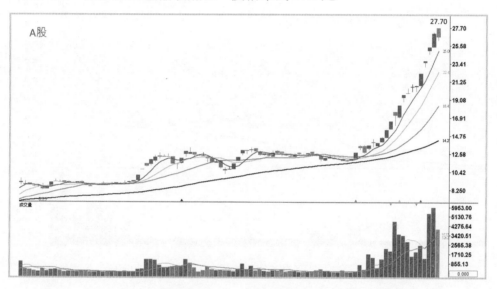

我問：「現在終於漲勢減緩了，你們買不買？想買的舉手。」

依舊沒人舉手。

我問：「漲也不買，跌也不買，你們到底哪時候才想買？」

有個可愛女生回答：「我要買在起漲第一根。」全場哄堂大笑。

我說：「是啊，你們都想買在起漲，所以你們都選了B股，如果這檔股票跌回起漲點，那還真不能買。」

我問：「這檔股票你們看多還是看空？」

大家回答：「看多。」

我說：「想買的舉手？」

沒有人舉手。

親愛的讀者，你會想舉手嗎？

● 第五天，繼續攻堅創新高，價漲量增，漲過前一天的黑K高點收實體紅棒，價格來到28.4元。

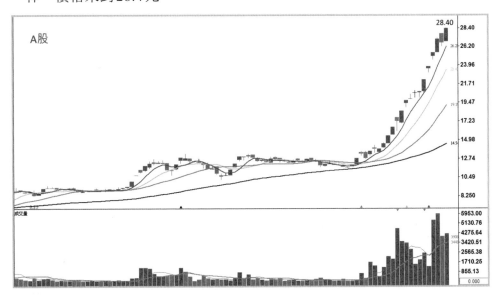

　　我問：「剛剛沒買的人現在有機會了，繼續上漲有沒有人要買？要買的請舉手。」

　　依舊沒有半個人舉手。

　　我問：「看多的舉手。」

　　大家舉手。

　　我問：「想買的舉手。」

　　沒有半個人舉手。

　　我說：「這兩檔股票給你們選的時候，都是在技術分析上屬於多方訊號，一個底部起漲，一個漲了好大一段。兩個都是看多，為什麼底部敢買，高檔不敢買呢？你為什麼要怕呢？不是要和趨勢做朋友嗎？現在它正在多頭走勢，你們誰要來和它做朋友？」

依然沒有人舉手。

親愛的讀者，你會在這個時候追高買進嗎？

● 第六天，繼續創新高，價格來到30.3元，上漲的角度好陡，價格已漲到
三字頭。

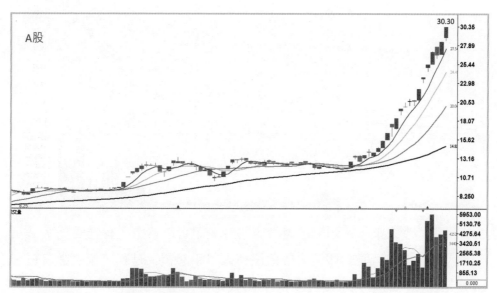

我問：「想買進的請舉手。」

依舊沒人舉手。

我問：「那想放空的請舉手。」

沒人舉手。

我問：「不買的理由是什麼？」

有同學回答：「漲太多了！」

親愛的讀者，你也是這樣認為嗎？

● 第七天，價格繼續創新高，收盤來到32.4元，完全沒有要拉回修正的樣子

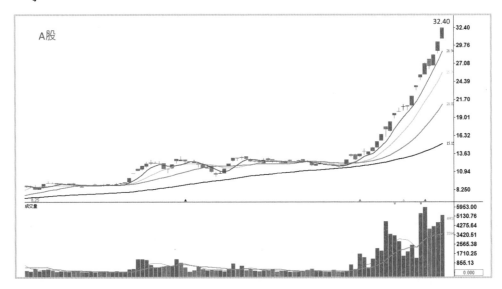

我問：「來來來，剛剛錯過機會的今天還可以買進，有誰要買？」

大家給予我可愛的微笑，依舊沒有人舉手想買。是啊，個位數沒買、10幾元沒買、20幾元都沒買，現在30幾元為什麼要買？

我問：「你們什麼時候想買？」

同學回答：「等它價格拉回再買。」

親愛的讀者，你什麼時候願意買這檔股票呢？

● 第八天，高檔爆量長黑，價跌量增，價格30.15元。

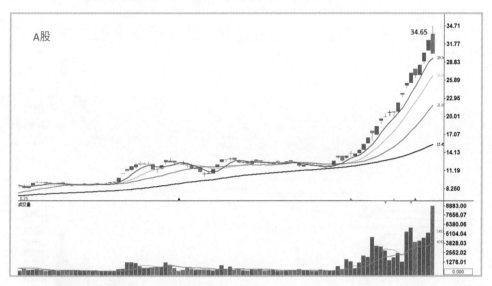

我說：「終於看到比較像樣的下跌了，不過這裡高檔大量長黑，疑似主力逢高獲利出場。」

同學說：「好在剛剛沒舉手。」全班哄堂大笑。

我問：「不是剛剛說拉回買進，那現在拉回買不買？」

沒有人要買。

親愛的讀者，你會想在這裡作多嗎？會想在這裡作空嗎？

● 第九天，往下跳空跌停，10日均線有撐，開低走高收紅K，價格來到
30.1元。

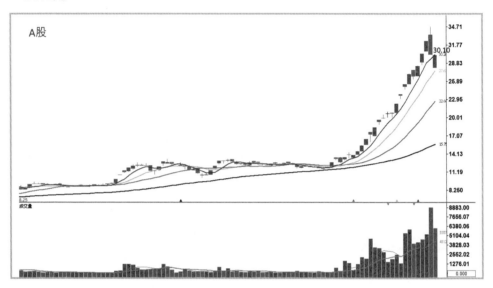

我說：「這天跌停打開拉到平盤，也算是一根漲停板。你們不是一直
等拉回，現在拉回了買還是不買？」

依舊沒有人敢買。

我問：「到底什麼條件才肯買？價格來到哪裡你會考慮買？」

有人回答：「上面那根黑K好可怕。」

有人回答：「多看幾天再決定。」

大部分人不出聲。

親愛的讀者，請問你這時敢買這檔股票嗎？

● 第十天，跳空小漲收十字，價格30.35元。

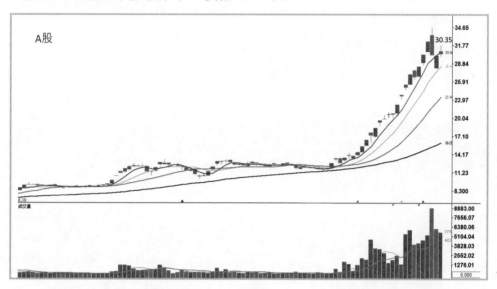

　　我問：「今天小漲收十字，十字路口，有沒有人想買啊？」

　　保持慣例，沒有人舉手。

　　我說：「前面那根長黑太大根，我們看後面怎麼走。」

● 第十一天，價漲量縮過十字，價格32.45元。

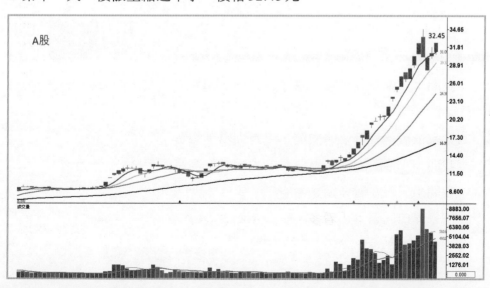

我問：「好像又繼續上漲囉，有沒有人要買？」

一樣沒有人舉手。

我問：「為什麼不買？」

同學：「等創新高確定走勢繼續上漲。」

親愛的讀者，你舉手了嗎？

● 第十二天，價漲量增過前高，價格來到34.7元。

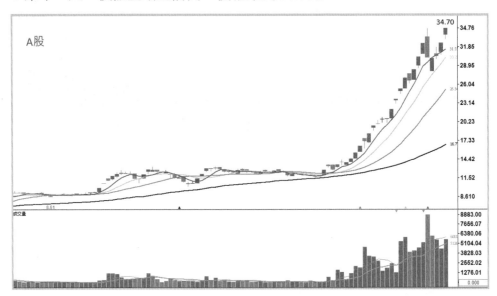

我問：「創新高了哦！漲了快三倍，現在有沒有人要買，想買的請舉手。」

大家依舊給我可愛的微笑，沒有人舉手想買。

我問：「剛剛說創新高要買的人呢？怎麼沒舉手？」

我問：「現在看多還是看空？」

同學異口同聲：「看多。」

我問：「要不要買？」

同學：「不要。」

親愛的讀者，你會買嗎？

● 第十三天，連四紅、出大量，價格來到37.1元。

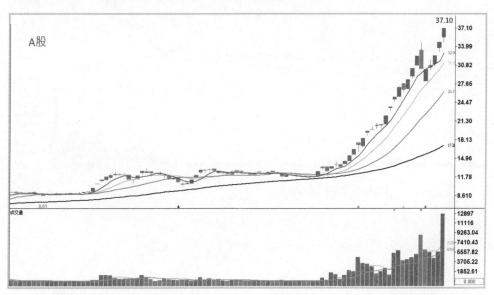

我問：「這支股票真精彩，從9元多到現在37.1元漲幅三倍了，前面錯過沒關係，現在買還來得及，有沒有人要買？」

依然沒人買帳，看來我的叫賣功夫要回家苦練才行。

親愛的讀者，你會買嗎？

● 第十四天，量縮收十字，價格 38.15 元。

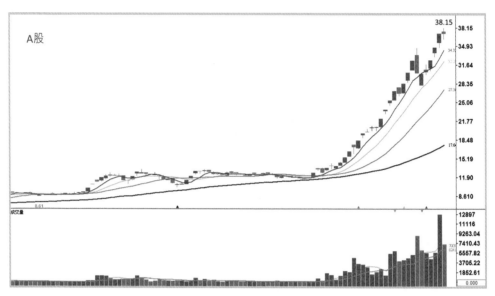

我問：「要買的請舉手？」

沒有人舉手。

我說：「你們是不是在等回檔？我們再看一天。」

親愛的讀者，這天你會買嗎？

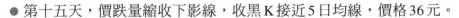

● 第十五天，價跌量縮收下影線，收黑 K 接近 5 日均線，價格 36 元。

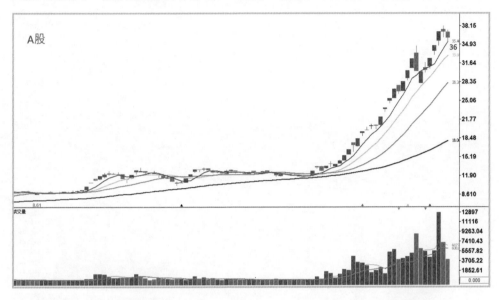

我問：「前面錯過的人現在機會來了，價格拉回請把握機會。」

很遺憾的，現場依然沒有人舉手想買，大概怕買在高點吧，或者想等拉回更多一點再買。**對於猶豫不決的人來說，價格不是太高就是太低，時間不是太早就是太晚。**

親愛的讀者，你會在這裡買進嗎？

● 第十九天，價漲量增收小紅，價格 39.5 元，未創新高。

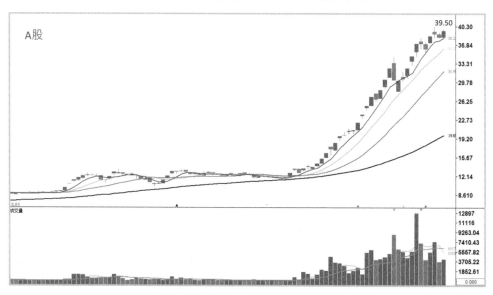

我問：「漲囉！要不要買？」

大家好像說好似的，沒有人要舉手了，看我一個人在台上表演。

我問：「看多還是看空？」

同學：「看多。」

我問：「要買的舉手。」

沒有人舉手。

親愛的讀者，你買不買？

● 第二十天，價漲量增創新高，價格來到42.25元。

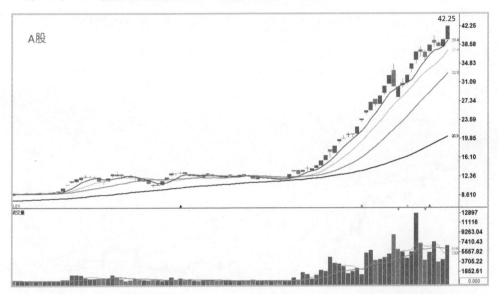

我說：「太強了，從不到10元漲到40幾元，一路上漲翻了好幾倍。我相信這麼強勢的股票漲了這麼多天，市場上一定很多人會注意到它，但是敢進場買的其實不多，以各位的反應可以驗證。剛剛你們想買底部起漲的B股，會說出好幾個技術分析上看多的理由，而現在不買A股，並不是技術分析上出現走空，而是『**漲太多好可怕**』，從頭到尾你們一致認同這股票會上漲，但就是不敢買，仔細想，兩檔股票用不同標準做判斷，主宰你買不買的『**真正原因**』是因為『**技術分析**』、還是『**心理因素**』？」

我說：「這次的選股遊戲，其實這是我們日常操作的縮影，要學會技術分析的知識，不難，但是看到強勢股敢追高的人，很少。你之所以選擇底部起漲的股票是因為它便宜，『**價格低檔讓你覺得安全**』，你之所以不敢買進正在上漲的股票，是因為你『**害怕買在最高點**』。你可能早就發現飆股，但是它越漲你越怕，而錯過了賺錢的機會。」

我問：「再給你們一次機會，現在要買這檔股票的請舉手。」
終於有一位同學忍不住舉手了，很不幸的，這天就是最高點。

接著，我們來看一下B股這段期間的走勢。

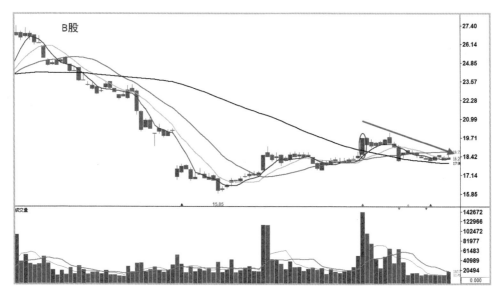

　　你們精挑細選起漲第一根　（圖中藍色圈圈處），但是走勢不如預期繼續下跌。你們不敢買的A股，雖然已經漲了一大段，但後面還有驚人的漲幅，A股是屬於多頭走勢，趨勢一旦形成不會輕易改變，我們要和趨勢做朋友。對於已經漲一段的股票，願意追高的人是少數的，心裡的想法是再漲有限，下跌空間比較大，害怕追高的人是害怕自己萬一買在最後一根、買在最高點，行情從此反轉會賠很多。但是，如果你設停損10%，不管你是買在高點還是買在低點，損失都是10%，不是嗎？如果買在低點，不會停損一樣會賠很多。**風險來自於你的停損設定，而不是來自於股價的高低**。

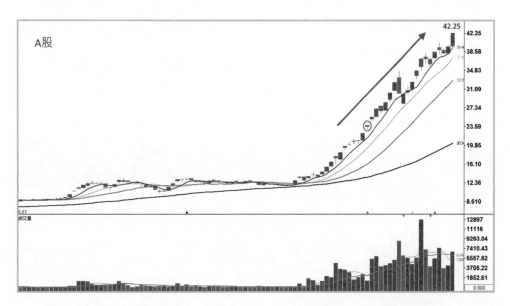

如果你也有看得懂行情，卻遲遲不敢進場的情況，那麼請你在「惡魔卡」記下一筆：不敢順勢操作，在「天使卡」記下：勇敢順勢操作。

惡魔卡	天使卡
輸家會做的事	反著做，贏家會做的事
不敢順勢操作	勇敢順勢操作

　　「不願追高、認為行情再走不遠」，其實普遍存在大多數投資人心裡，例如2014年是個多頭年，行情從8200漲到9500，指數越高，看空的人越多，4月台股加權指數來到相對高點9000點，這時敢作多的人其實不多，尤其是期貨、選擇權這兩個市場，放空的投資人不少。當時，「上漲空間不大，下跌空間比較大、高點已近，不要追在高點、小心危險提防崩

盤」的警世語紛紛出籠，2014年5月份的走勢如圖一，疑似高檔做頭，不敢作多、想放空者眾。

▲ 圖一　2013/12/23~2014/05/21 年加權指數

　　2014年5月22日（圖二藍色圈圈處）長紅突破三角整理區，上漲的過程散戶們大多也不敢作多，參與者少，這點從成交量低迷可以看得出。漲太多、高點近、再漲不遠的聲音不絕於耳，就這樣行情再走一大段，一路從8900拉到9593。前面根據技術分析判斷做頭，後面做頭不成反成三角突破卻視而不見（圖二）。你說，影響投資人多空判斷、買進賣出背後真正原因是客觀的「技術分析」、還是主觀的「心理因素」？要怎麼判別影響你交易的真正原因是什麼？你可以透過改變條件來找出真正的關鍵因

素，例如，將9000點的指數改成4000點（台股歷史價格4000是低點、9000是高點），你的看法是不是還是一樣認為再漲不遠，如果不是，那麼真正影響你決定的因素是價格的高低、是心理障礙，而不是技術分析。

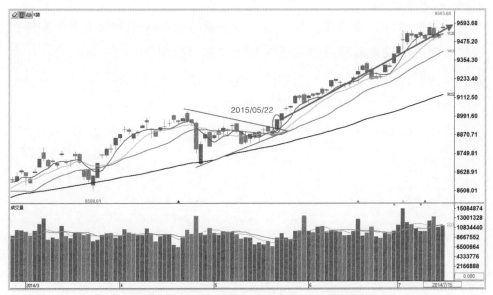

▲ 圖二　2014/02/25~2014/07/15 加權指數

　　歷史總是不斷重演，這段一路上漲的行情和我所舉例的A股走勢很像，投資人多半不敢參與。傑西李佛摩說過：「**當大波段行情大搖大擺的前進時，絕大多數人總是站在錯誤的那一邊。**」因為「心理因素」作祟，讓大多數投資人不敢追高，不願意相信行情會走遠。

股票市場沒有新鮮事

2014年底開始最火紅的股票市場：上証，在台灣可以透過ETF參與投資，代號是006205 FB上証或者代號006206的元上證。2015年1月23日這天 FB上証價格32.03元上漲1.30%，走勢還會漲嗎？讀者可以看到強勢的上証指數和A股一樣，謹記這句話，**風險來自於你的部位大小和停損設定，而不是來自於股價的高低**。此時又和台股所舉的例子相似，「正在做頭」。記得台股的例子，當做頭不成會再起一大波漲勢。當下次你遇見這種強勢股，克服心魔勇敢進場，並設好停損，不要和財神爺擦肩而過。

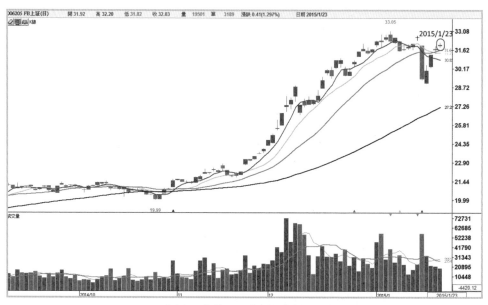

▲ FB上証：強勢股，急跌再漲疑似做頭。

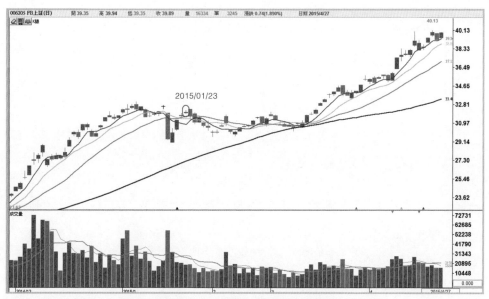

006205 FB上証(日)　開 39.35　高 39.94　低 39.35　收 39.89　量 16334　筆 3245　漲跌 0.74(1.890%)　日期 2015/4/27

2015/01/23

▲ FB上証：做頭不成再漲一段。

我可以，你也可以

　　我並不是一開始就會順勢交易的人，坦白說當我看到行情正在大搖大擺的前進時，要去順勢交易、要去買貴，是有強烈心理障礙的，看到行情一去不回，我會害怕。過去不敢順勢交易，只想買在起漲點的投資個性，讓我錯過走勢最好賺、最簡單的那一段。我知道若不面對錯誤，我會一輩子錯下去，只有改變現在的我，才會成就未來的我。透過「天使卡 & 惡魔卡」我幫自己正視缺點。一次又一次出現簡單、急行軍、獲利最肥的一段行情，也一次又一次的錯過賺錢機會，不但如此，我還反向操作，一次又一次的猜頭猜底，且一次又一次的記錄「惡魔卡」，犯錯的憎惡感不斷提升，我也不記得經歷多少次的失敗，終於有一天我受不了了，心中吶喊：
「如果我連順勢交易的勇氣都沒有，那麼我的名字將和豬連在一起。」

　　從那天起，我，勇敢追單了。

5. 為什麼手上的股票不會漲？

幸 運女神為何不眷顧我，手上的股票都不太會漲？因為漲不停的股票你早賣掉了。

我交易選擇權，也教授選擇權投資。有一天學生問我：「老師，今天我選擇權空單 BUY PUT 20 點買進，賺 4 點就出場，收盤價格漲到 105 點，這已經不是第一次了，請問這種症頭有辦法治嗎？」

我：「有。」
學生：「如何治？」
我：「咬手指。」
學生：「……。」

的確，太早獲利出場是投資人的痛，最讓人捶心肝的是和巨大獲利擦肩而過。我想這也是眾多投資朋友共同的問題，要怎麼抱得住部位，也不是旁人跟你說抱你就抱得住，這不是技術分析的問題。

道理大家都懂，但就是抱不住，我建議大家，很想要做什麼事情的時候，分散自己的注意力可以打斷想做的事。像是狗班長西薩教官都碰一下

狗狗的肚子，分散狗狗的注意力，打斷狗狗想做的事情。當你手指頭舉起來要點滑鼠的當下，請舉高一點，塞進自己的嘴巴裡，咬一下你就醒來。

我有一位朋友，他是專業投資人，很會選股，選的股票多半會上漲，他隨時有一百多檔股票名單在觀察，檯面上熱門的股票、業績成長的股票，都在他的觀察名單內。航運股萬海（2615）是他鎖定的標的物，他在行情發動前2014年8月14日就以15.5元買進，他早外資三天買進，在他買進第四天，外資開始買進萬海1127張股票，就這樣萬海在外資買盤湧入之下連漲了五天，將股價推高到19.25元。以成本價15.5元計算，七天已經創造了22.6%的報酬率，每百萬資金為他創造22萬元的獲利，他很滿意這次的操作，在隔天漲不動的時候以18.9元將股票賣掉。

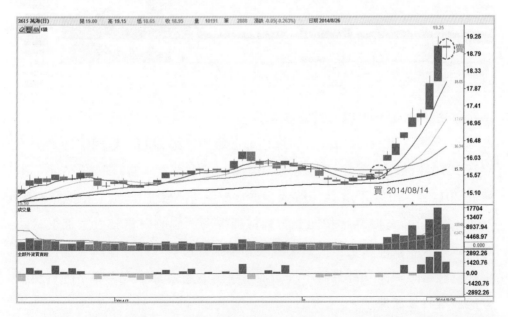

你知道發生什麼事？價格經過幾天的整理再度發動漲勢，2014年9月9日漲到21.4元，創下兩年內新高，如果他沒有賣的話，他可以創造38%

的投報率，每百萬資金可以擁有38萬元的獲利，他可足足少了43%的獲利！他「損失」大把鈔票，這可讓人高興不起來，可是要用更貴的價格買回來實在嚥不下這口氣，他開始詛咒這檔股票下跌。

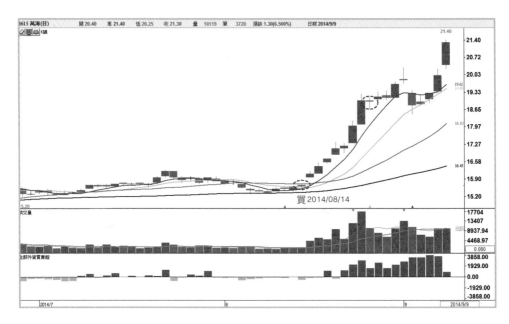

就這樣，他不想再看到這檔股票，這檔股票最後的高點是38.8元，2.5倍的獲利，22% vs. 2.5倍的獲利，這還不是最慘的！翻開他的筆記，早在2010年的時候就注意到儒鴻（1476）這檔股票，當時價格26元，儒鴻在2012年~2014年啟動一波大多頭，最高價來到407元，和他當時的26元相比翻了快15倍。和朋友討論這種擦身而過的財富時大家都很有共鳴，這檔我早就注意它了，只是我現在半張都沒有，如果當時買進持有到現在就發了。幸運女神為何不眷顧我，手上的股票都不太會漲？因為**漲不停的股票我早賣掉了**。

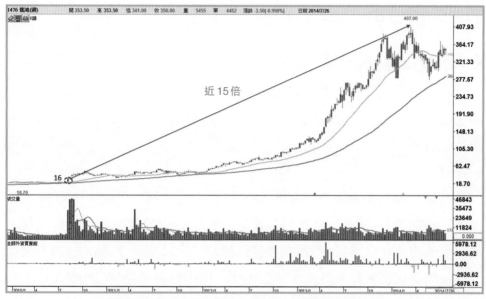

▲ 儒鴻：2010年8月～2014年3月，股價漲了快15倍。

如果你也有太早獲利出場錯失大把鈔票的遺憾，那麼請你在「惡魔卡」上寫下：獲利抱不住，請在「天使卡」上寫下，抱住獲利部位。

如果你賣掉部位後不願意再追回錯賣的部位，請你在「惡魔卡」上寫下：不願意買回錯賣的部位。請在「天使卡」上寫下，錯賣買回。

輸家會做的事	反著做，贏家會做的事
獲利抱不住	抱住獲利部位
不願意買回錯賣的部位	錯賣買回

如何克服獲利抱不住的缺點

1.「打從心底相信」行情會走很遠

　　真正影響交易行為來自於心理層面，所以我們先要有賺大錢的心理建設，你的心有多大，你的財富就有多大；打從心底相信會走很遠，你才抱得住波段。

　　拿掉框架和限制不要畫地自限，我從小就是個中等生，全班50個學生我的成績剛好中間，20幾名。我的父親看到成績對我說：「你是個智商中上的小孩。」當我興奮的跟媽媽說我想做這做那，媽媽的回覆都是：「你不是這塊料，你不行。」於是小學、國中我都符合父母的期待，表現中上，沒有太大自信和企圖心。直到上了高中才慢慢覺得自己聰明，可以做得很好，在心理上有了改變之後，我變得不一樣，「打從心底相信」我可以，「打從心底相信」我做得到，我變得積極有企圖心，很神奇，當我「打從心底相信」，通常心想事成。

　　同樣的，如果我們已經預期10元起漲的股票，漲到12元就差不多了（20%獲利），則我們接近12元就想賣了。當你已經預期這檔股票表現「尚可」，在獲利「尚可」時你就會出場，它往後「傑出」的表現就和你無關。你的績效就是「尚可」。當你的思想限制了股價的可能性，也限制了自己獲利的可能性。

　　如果你想作波段，但發動以後，你又一直怕回檔，你是抱不住的。你要打從心底認為：「它會走很遠」。它表現會「特優」，不要給它任何限制，你才有可能抱得住波段。

2. 不要害怕失去那不曾屬於你的獲利

有位交易外匯的朋友，他平常都是帳面虧損一、兩萬美元面不改色的人，賠錢的時間比較多，有一天他放空歐元，空在相當好的位置，第二天早上起床我看到歐元因為歐債問題暴跌，根據他跟我說的點位和部位，估計一個晚上可以賺進十幾萬的美元，我打電話恭喜他。

他說：「我只賺300美元。」

我納悶的說：「怎麼會這麼少？」

他說：「你有所不知，我平常賠錢習慣了，好不容易看到帳面賺錢，我受不了。」

傑西李佛摩說過一句經典名言：「我為什麼害怕失去那不曾屬於我的獲利？」這句話說進我心裡，我們常常害怕曾經擁有的獲利會消失，當出現獲利的時候，就會聯想到曾經的虧損，這讓我們很想把握住當下的獲利，我們不想再讓獲利溜走，害怕從賺錢變成賠錢。我們極力冀盼賺錢出場而不是賠錢出場，所以，這讓我們在賺錢的初期獲利回吐時，就急忙平倉部位。這個心理層面並不是很好克服，我對自己做的心理建設：這是「機會成本」，**賺錢以前，是用賠錢換賺錢機會；賺錢以後，捨小利換大利。**

3. 不要看帳戶損益

不看帳戶損益幫助我抱得住獲利部位，當我看到滿意的數字，我會很想實現獲利，這誘惑是大的，我選擇眼不見為淨。我專心、單純的看著價格走勢圖，沒有損益的想法在裡面，沒有貪心和恐懼在裡面，剔除人性，

這幫助我可以客觀的進出場。我有位可愛的朋友，他在交易的時候會拿雙面膠貼螢幕，把損益遮住，他說這樣他可以只專注在買賣點的價差計算，就像打電動一樣，不會去想賺多少錢、賠多少錢。

4. 最佳停利方式

「打從心底相信」行情會走很遠，是幫助我們穩健波段交易的心理層面。而架構在正確交易觀念上的交易方法，就是如何設定停利，停利設定多少你會滿意？10%？20%？30%？50%？100%？停利設得太大，例如100%，那麼觸發獲利100%出場的機率太小，為了提高勝率，將停利設定在5%或3%甚至1%，又會陷入太早獲利出場的情況，到底停利該怎麼設？

最棒的停利方式不是將停利設在價格行進方向的前面，而是設在價格行進方向的後面。若你設在價格行進方向的前面，10%獲利出場、20%獲利出場、100%獲利出場，怎麼設都不對，我們無法得知價格會走到哪裡，設定停利在價格行進方向的前面就是「畫地自限」。不要「畫地自限」限制價格的可能性，要把**停利設在價格行進方向的後面，並且停利隨著價格前進，且亦步亦趨的跟隨著，好像影子般的跟隨，這也就是「移動停利」**。 用我最近正在開發的智慧下單機來說明「**移動停利**」。

下圖是 2015 年 6 月 25 日的盤中期貨走勢圖。左邊是智慧下單夾，右邊是期貨走勢圖。紫色的線是進場線，藍色的線是出場線。本來藍色的出場線在紫色線的下方，這時出場是停損。賺錢以後停損向上移動到進場成本的上方，確保出場的時候還是賺錢，這時出場變成停利；隨著走勢不斷

上漲，我們不斷向上移動停利。這是我操作的方法，操作股票這樣做，操作期貨、選擇權也這樣做，操作任何商品都這樣做。人工移動停利有點麻煩，我將它寫入半自動系統，我啟動進場系統幫我移動停利，滿好用的。移動停利的方式是聰明的，不是固定點數移動停利，而是根據投資人設定的條件做移動停利，例如將停利點設在前一個轉折低。

　　我的願望是幫助投資人賺錢，除了分享好的投資觀念、投資方法、甚至好的投資工具。

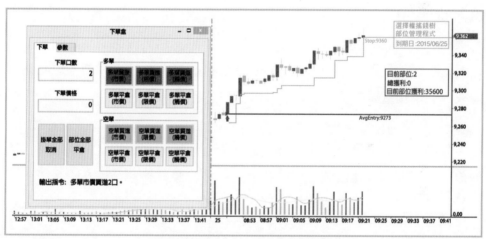

▲ 2015年6月25日盤中期貨走勢圖

5. 錯賣買回

　　如果賣掉部位後繼續漲，只有將部位重新買回一途。對投資人來說，槓桿越高漲跌幅度越大的商品，越難抱得住部位，例如，選擇權買方比期貨難抱得住部位，期貨比股票還要難抱住部位，當我發現我太早賣了，我會錯賣買回補救。

如何克服不願意買回錯賣的部位

不要將消費者的習慣帶到投資上。

所謂的消費者的習慣，就是喜歡撿便宜，打折是有誘惑的，會抗拒買貴，但是對於投資者來說，賺錢來自於價差而非價格高低。**價格本身不具備意義，價差才是**，不要有價格迷思，我們只是在行情波動中去抓取價差，買貴賣更貴就好。賣掉以後不願意用更高的價格買回，滿大的原因是忍不下這口氣，不喜歡吃虧。我們若用更高的價格買回，就是承認之前出場是錯的，潛意識上，我們不願承認自己的錯誤。投資人多半以「不貪心有賺就好」、「這股票跟我無緣」來自我安慰。用更貴的價格買回，豈不是馬上吃虧，買貴1元虧1元，買貴10元虧10元。心理上我們不想吃虧，造成我們不願意買貴。

記得以前的買進、賣出價格，進而影響以後的買賣決定，我稱為「比價效應」。因為「比價效應」讓我們錯失多少賺錢機會？何必呢？每一筆交易都是獨立的，買貴賣更貴就好，不要為了那一點點的價差讓你錯失巨大的利益。

註 解 ●

● 對本章節的智慧下單機有興趣者可以到以下網址取得
　進一步資料 https://goo.gl/AhuKXi

6. 貪婪的盡頭是恐懼

貪婪讓人變成賭徒，贏的時候想賺更多，輸的時候想贏回來，直到輸光為止。

董先生是一位老股民，從民國74年開始投資台股，到民國104年離開股市，共有30年的股齡。帶著賭徒性格的他，平常沒事喜歡打打麻將，由於股票市場就是一個最大的合法賭場，他很快就愛上股票。一開始只用存款買股票，賺錢以後，野心開始大起來，為了能買更多的股票，他會用房子抵押貸款借出更多的錢來買股票，這30年間除了房貸，他也借過信貸、車貸，甚至向親友借錢。會借錢買股的投資者，通常會用融資買股，盡可能的買進最多張數的股票。行情大好的時候，因為他敢建立龐大部位，讓他賺了大把鈔票，賺大錢就不想上班了，他的老婆跟他說，賺這麼多錢來買房子吧，我們來換漂亮的大房子住。他說：你先找房子吧，找到再說。其實是他不願意將錢抽離股市，他想賺更多的錢。

後來，股市下跌，本來可以買兩間房子變成只能買一間，他很有信心的說：沒關係，股市只是暫時下跌，還會再漲。

股市繼續下跌，從大賺到小賺，他不願意賣股，大賺都不賣了，小賺怎麼願意賣？

　　股市繼續下跌，從賺錢到小賠，賺錢都沒賣，賠錢怎麼會賣？他堅持繼續持有。

　　股市繼續下跌，虧損擴大，已經跌很多了不會再跌，他說。

　　股市繼續下跌，虧損繼續擴大，政府會護盤，他說。

　　股市繼續下跌，他接到券商電話不補錢就斷頭，他急了，賣地湊錢。

　　股市繼續下跌，他接到券商電話不補錢就斷頭，他急了，向朋友調錢。

　　股市繼續下跌，他再也湊不到錢，他的融資斷頭了。

　　他氣得怪罪政府，怪總統、怪財經政策、怪國際股市。

　　斷頭以後他就這樣不再碰股票嗎？沒有。他過了幾年存了一筆錢捲土重來，一樣買股六步驟：

❶ 貸款買股票。

❷ 融資買股票。

❸ 賺錢不走，想賺更多。

❹ 賠錢想贏回來。

❺ 不願停損、融資斷頭出場。

❻ 怪罪他人。

　　就這樣，他的一生就奉獻給券商（手續費）和政府（證交稅），經歷六次斷頭，壞習慣不改，重複做一樣的事情，犯一樣的錯，尤其最後的戰役讓他心灰意冷，從此不再碰股票，或者說徹底輸了，輸得一無所有。退休那年，領了一筆幾百萬的退休金，他想學別人領股息過生活，就拿著退休金，加上退休前辦理的房貸＋信貸去買高殖利率股，想法是沒錯，錯在貪，用貸款＋融資槓桿，錯在學不會停損，錯在不懂得檢討，用同樣的

方式卻想得到不同的結果。

　　其實董先生的故事只是一個縮影，過於貪心所以買太多，買太多所以賠得多，因為賠得多所以不願意停損，不願意面對事實，最後巨大的損失產生極度的恐懼，貪婪的盡頭是恐懼，一個錯誤會引發一連串的錯誤。

　　董先生犯的錯有：

❶ 貪心買太多。
❷ 凹單不停損。

　　只要一貪心就不容易停損，專家都會變輸家。如果你也有起貪念，然後買太多的投資行為，那麼請在【惡魔卡】上寫下：貪心買太多，並且在【天使卡】上寫下，先計算風險，再決定部位。

　　如果你也會捨不得承認虧損，不願意停損或者停損會猶豫不決，請你在【惡魔卡】上寫下：凹單不停損。並且在【天使卡】上寫下，果斷停損

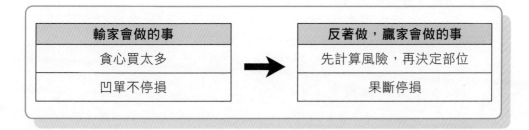

輸家會做的事		反著做，贏家會做的事
貪心買太多	➡	先計算風險，再決定部位
凹單不停損		果斷停損

如何克服貪心買太多的缺點

1. 投資要有規劃

　　貪心的人通常比較缺乏規劃，也容易率性而為，衝動買進。從沒想過萬一看錯會賠多少。想賺多就買多。正確的做法應該是先計算風險，做資金管理，可以買多少、停損怎麼設，這些都需要事先做好計畫。交易第一步是要規劃每次投資可以損失的額度，例如每筆交易損失額度上限是2%，稱之為風險係數。然後根據風險係數和停損來決定部位大小。

　　例如資金有100萬，每筆交易可以接受的虧損為總金額的2%，則每筆交易可以虧損的金額為2萬元。有了最大可以虧損的數字以後，再來規劃我們的停損與部位規模。

❶ 先設定停損。
❷ 再設定部位大小。

　　若停損會讓每張股票賠6,000元，單筆投資的損失要控制在2萬元以內，則投資人最多可以買三張股票。

N%　：風險係數

部位 × 停損 ≦ 總資金 × N%

$$部位 \leq \frac{總資金 \times N\%}{停損}$$

　　另外，還要考量跳空的風險和流通性的風險，若購買的股票成交量少

流通性差，可能會發生無法停損的情況。若遇到跳空跌停，也可能會無法停損。行情直接穿越停損價格而造成的風險擴大。所以為什麼外資、法人在操作的時候，這麼重視風險和流通性。

2. 帳戶不要放這麼多錢

如果難以控制自己，一不小心會購買太多的部位，那很簡單，資金控管就從帳戶可用資金開始，這是一個有效的資金控管方式，帳戶不要放這麼多錢就好。

如何克服凹單不停損的缺點

1. 下單同時設停損

下單同時設定出場價，並且讓電腦幫你執行停損，可以設定觸價下單、條件智慧下單。

2. 找人幫你停損

找一個你信任的人幫你停損，例如你的家人，或者營業員。跟他講你的出場價在哪裡，請他幫你平倉。

貪婪，出自於人性，克服貪婪是很難的功課。曾經在市場因為貪婪買太多而大賠過的我得到的教訓是：**先計算風險再追求獲利。**並且學會將賺來的錢抽離賭桌。我將投機賺來的錢拿去放在房地產保值、拿去買高配息股票領股息，這樣做幫助我不少。傑西李佛摩說：「把賺來的錢一半鎖進保險箱。」畢竟，拿離賭桌的才是真正賺的。

7. 連續犯錯

傑西李佛摩：「投資人必須提防很多東西，尤其是自己。」

相對於不捨得停損造成的大虧損，還有一種情況也會造成大虧損，那就是連續犯錯。有一天一位朋友來找我，他是一個老闆，擁有自己的事業，白天在家操盤，下午才進公司。他來找我討論投資，他說自己已經厭倦看客戶臉色，希望可以靠著操作自給自足。他跟我說，他賺錢的天數比較多，但總計一年的操作成績卻是賠錢的，他覺得很奇怪，希望跟我討論，找出賠錢原因。大部分時間是賺錢，但整年總計下來卻是賠錢，應該是不會停損才對。我問他你是不是會凹單，這些大損失讓你帳戶賠錢？他說不是，他都會停損。這就有點意思了，需要深入找出原因。好，下次請你帶你的交易紀錄來，我和你一起檢討操作，最好是有技術線圖，將你的進出點標註在線圖上。

再見面，他帶著厚厚一疊資料，哇，那夠我們看一個下午，我笑著說。他交易的商品是期貨當沖，每天都有一份交易紀錄。拿起交易紀錄我們一天一天的看著。第一天，是盤整盤，他操作一趟賺錢出場。第二天，有大行情，他也是操作一趟出場，但是大行情只賺其中一小段。我不解的

問：行情這麼大，你為什麼只做這一小段？他說根據技術分析，這裡是滿足點，所以就獲利出場。我問：獲利出場以後，行情繼續下跌，你為什麼不做？他說當天想要賺的錢賺到了，就結束交易。我思考一下，說：你只要交易賺到你想賺的錢，就提早下班嗎？他回答：對，我現在交易一口大台，我只要每天賺5,000元，一個月20個交易日就可以賺10萬元，等到我操作穩定以後，就會放大部位，那麼公司就可以交給我弟，過著悠哉的日子。他的計畫聽起來不錯，大台一天賺5,000元，只需要25點的期貨價差。在每天的行情裡去抓25點價差，應該是沒問題的。

我說：如果當天是盤整盤沒行情，第一趟就做對你會提早下班。如果當天是趨勢盤有行情，你也是第一趟做對就提早下班。不管當天有沒有行情你都是賺一趟然後下班。但是如果當天你第一次做錯賠錢，你會交易第二筆，第二筆再做錯你會交易第三筆，因為你做短線第三筆做對還沒辦法讓你帳戶賺錢，你必須再做第四筆，如果第四筆又出錯，你需要再做第五筆、第六筆……，你必須一直交易下去直到賺錢為止。

他說：「對，只要賠錢我就會想把錢賺回來，我看我的交易紀錄做得不順，賠錢的那天交易紀錄密密麻麻好多筆，賺錢的日子只做一筆。」

我說：「這就是問題所在，累積多次的小錯誤變成大錯誤，累計小虧損成大虧損，你大賠的那天就是因為過度交易。」

他說：「對，因為我很想把賠的錢給賺回來。」

我說：「這樣不太好，而且過度交易會產生很高的手續費。」

他說：「對於我的操作，你有什麼樣的建議？」

我說：「操作，要想辦法大賺小賠，你在賠錢的時候，要控制損

失是小的；賺錢的時候，獲利是大的。依照你目前的操作模式恰好是顛倒的。賺錢的日子，數字是小的，賠錢的日子，數字是大的。**什麼樣的想法就會導致什麼樣的結果，你被每日賺錢目標所圍，所以你每日獲利是有限的，加上因為你沒有設定虧損限制，所以你一日的虧損可能是無限的。**不過因為你會單筆停損，所以每筆賠錢都是小的，但你賺一點就跑，你每筆賺的錢也是小的，一賺一賠抵銷，剩下手續費，這還是比較好的情況，比較差的情況是連續犯錯，不斷累積賠錢的金額和手續費。我會設定最大可以容忍的金額，一旦超過這個金額就會暫停交易；我會在盤整雙巴盤的時候控制損失，在趨勢盤的時候放大獲利，拉開賺賠比，具體的做法就是用部位控制。你可以考慮使用加碼。起始用一個單位下單，賠錢是最小的單位在賠錢，行情走出去再增加你的部位，這時候賺錢的部位是大的。藉由部位的大小和價差的大小來讓你做到大賺小賠。」

之所以能夠快速找到他的問題並給予解答，是因為我久病成良醫，該犯的錯我大概都犯過，該想的解決方式我都會去嘗試，我是過來人，所以有經驗。

如果你也有賠錢急著想賺回來而連續犯錯的情況，那麼請你在【惡魔卡】記下一筆：賠錢會急著想賺回來，連續犯錯，在【天使卡】記下：先冷靜再下單，控制損失。

惡魔卡	天使卡
輸家會做的事	**反著做，贏家會做的事**
賠錢會急著想賺回來，連續犯錯	先冷靜再下單，控制損失

　　對付連續虧損最根本的做法，是要設定一個暫停交易的機制，當賠錢的金額超過一個數字，暫停交易放過自己吧。

8. 加碼攤平

有一次有個學生來問我：老師，我最近BUY CALL（買進買權）賠30幾萬怎麼辦？之前獲利都快吐出去了。上萬點那一波我賺70幾萬，我賣太早，晚點賣可以賺200多萬。

我說：「最近行情往下走，不適合做BUY CALL（作多）。」

學生：「台股從一萬點掉下來，我一路買BUY CALL（作多）。」

我說：「賠錢不能加碼，避免越賠越多。」

賠錢真的不能加碼，尤其是交易有槓桿的商品，如期貨、選擇權買方、權證、股票融資，賠錢加碼只是把錢丟入火裡，縱使賠錢加碼有機會讓投資人賺錢，也不能這樣做，交易最怕的是用錯誤的方式賺錢，以結果論，賺錢的方法就是對的，但錯誤的賺錢會埋下失敗的種子，讓投資人下次輸掉更多。我時常被問到類似的問題，會想賠錢加碼的人有一個共通點，就是認為自己的判斷沒有錯，目前只是暫時走反向，之後會再回到原本正確的方向去。在這方面，加碼攤平者和我最大的分歧點是：攤平者把重點放在行情的判斷、放在技術分析、甚至放在堅持和信仰，我把重點放在風險管理。我只問一個問題：萬一看錯的話，後果會怎樣。

攤平者：「根據技術分析判斷這裡是多頭，趁拉回加碼買進降低成本。」

攤平者：「老師，根據你所教的，這裡是看空，價格已彈到更高的位置，為什麼我不能作空？」

我說：「賠錢不能加碼，這是風控基本原則，這無關多空。」

　　講到風險管理、加碼，已經跳脫技術分析的範疇。**空手的時候，任何買點都可以嘗試進場，但是手上已經有賠錢的部位，任何技術分析上的買點不再是買點。**

　　2014年10月17日台股大跌120點，長黑收低，以技術線型來看這裡確實是空方趨勢，有位投資人在這天的收盤價加碼空單。

▲ 加權指數：2014/10/17 長黑收低。

　　之後幾天反彈，價格彈得更高，可以空在更高的位置，這對想要放空者是有誘惑的，投資人跟我討論操作。

　　他說：「我的整體空單部位還是賺錢的，而且現在依舊是看空，我可不可以加碼放空？」

　　我說：「不行，你有1碼加碼單空在地板A點，在這碼加碼單還沒賺錢之前，你不能再買進任何部位，反彈的B區這段區間你都不能再進空單。如果你是空手，那麼B區任何位置你都可以進場放空。但是手上有賠錢的部位則不行，即使你整體部位依舊是賺錢的。」

▲ 加權指數：A點放空，B區不能加碼。

風險控管的重點是要避免持有大量的部位然後犯錯，任何小錯誤乘上

大部位就是大錯誤，如果賠錢可以加碼，那麼空在地板之後的所有反彈價位都可以加碼，可以加1碼、可以加2碼、3碼、4碼 ……空到沒有額度為止。將籌碼全梭，然後等老天開牌，這是一種賭徒的行為。若加碼完之後，走勢如投資人所判斷，一口氣把輸的錢都賺回來，那並不是福，因為，這樣一來賠錢加碼可以反敗為勝的錯誤觀念會深植人心，並養成習慣，讓投資人認為這是堅持己見、堅持信仰所得到的最後勝利。這是隨機致富，縱使暫時勝利，如賭徒般的固執，終究會奪去投資人口袋裡所有的錢。

我們來看看後續如何，走勢由空轉多一路震盪往上。賠錢的情況下加碼的代價是高的。

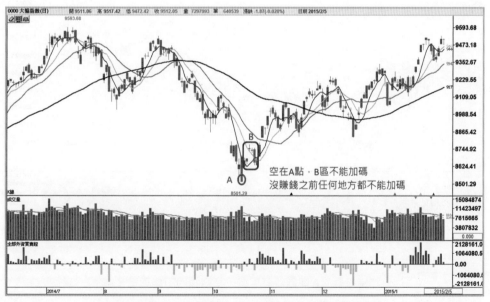

▲ 加權指數：走勢翻空為多，賠錢不能加碼以免受傷。

同樣的，回到一開始同學問我的問題，台股2015年4月27日上萬點，

如果有買在相對高點的人，不論是起始部位還是加碼部位，手上只要有賠錢的部位就不能再買進任何同方向的部位。這是保護投資人，因為這不是多空判斷的問題，而是要確保投資人在「萬一」看錯的時候，所持有的錯誤部位是小的。

下圖，若在相對高檔A區買進多單，那麼往後的價格只要跌破最後的進場成本（A區）都不能再進場作多。即使有一萬個看多的理由都不行。還沒證明走勢看對之前（最後1碼賺錢才表示進場之後的方向持續）就讓賠錢的部位控制在最小。

▲ 加權指數：A區創新高買進，指數拉回不能再進多單。

如下頁圖，台股萬點一日遊，之後股價如斷了線的風箏直直落。若在A區之後陸續加碼多單，則所有的投資部位都會賠錢。買得越多賠得越

多。所以切記，手上只要有賠錢的部位，不可以再做加碼。未來的走勢不可預測，就算順勢交易走勢也會反轉。加碼攤平這種危險的動作千萬別做。

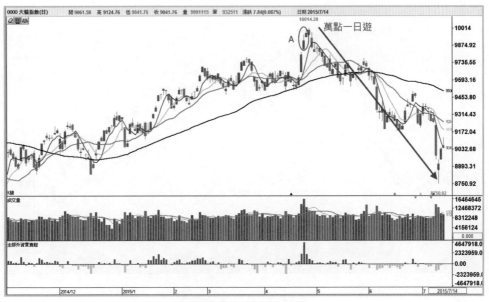

▲ 加權指數：賠錢不加碼。

☝獨大提醒 ••

● 賠錢加碼只有兩種人，一種是主力，一種是賭徒。主力用金錢買出底部，賭徒靠猜底輸掉金錢。

例如買華亞科（3474），如果買在高點60幾元，買進以後沒有賺錢，千萬不可以等股價掉下來逢低攤平成本，60幾元跌到40元，想說跌很多了，進場攤平成本，最後股價再創新低跌到26元。

▲ 華亞科週K 2014/01/04~2015/07/18　股價從62元跌到20.9元。

沒有人說得準股價會往何處走，在錯的部位上加碼根本是賭徒。賭徒喜歡交易是因為把投資當賭博，而且樂在其中。新世紀金融怪傑裡的康姆・歐熙（Colm O'shea）對賭徒說：「不要做交易，你根本不適合。」

再來看宏達電（2498），有投資人將退休老本全部押在宏達電，1000多元跌到800多元認為已經跌很多了，逢低買進，往下跌再加碼攤平。前一陣子跌破百元關卡，謝金河說：「王雪紅的『92共識』快來了。」歷史一再重演，如果養成加碼攤平的習慣，也許會有對的時候，但

會輸在徹底大賠的那一次，賠錢千萬不可加碼攤平。

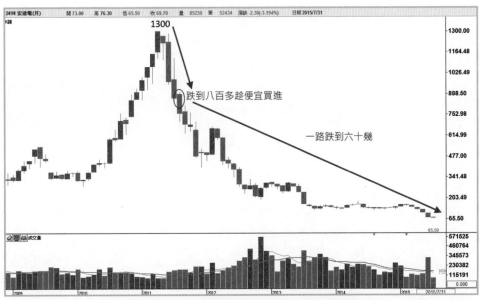

▲ 宏達電：不管股票打幾折，都不可以加碼攤平。

如果你也有賠錢加碼的情況，那麼請你在【惡魔卡】記下一筆：加碼攤平，在【天使卡】記下：賠錢停損，賺錢才加碼。

惡魔卡	天使卡
輸家會做的事	反著做，贏家會做的事
加碼攤平	賠錢停損，賺錢才加碼

要如何克服加碼攤平？

很簡單，只要把賠錢部位停損就好，就不會發生加碼攤平。交易最怕殺紅了眼，賭性一起會害了交易。下次很想要逢低攤平買進的時候，請做相反的事，停損出場，然後對自己說「你好棒」。

大師語錄

「如果操作過量，即使對市場判斷正確，仍會一敗塗地。」

——喬治・索羅斯（George Soros）

9. 買很多就賠錢，買一點點就賺

隨心所欲的交易容易招來失敗，計畫性的交易讓投資在掌控之中

一次和朋友的聚會，有人提到：「很奇怪，股票買一、兩張就賺錢，買很多張就賠錢，每次都這樣。」大家很有共鳴的紛紛點頭稱是，並七嘴八舌的討論起來。其中有一位朋友是期貨營業員，他說：「我的客戶只要突然間入金300萬的，通常在三個月內賠光。」幸運女神真愛開玩笑，怎麼老是買一點就賺錢，買很多就賠錢，屢試不爽。

好多年前，有位好友找我吃飯。這位朋友平常很少請客，會請客必有喜事，我問他：「怎麼想到要請我吃飯，發生什麼事，你中樂透嗎？還是你加薪升官？」他說：「都不是，是最近操作股票賺錢。」接著他很熱心的分享操作股票賺錢的心得給我。我跟你說，「最近股票操作得不錯，我買長榮航（2618），長榮航的股價就在一個區間內來回，價格跌到16.8元我就買進，漲到17.8元我就賣出。價格跌到16.8元我再買進，漲1元我就賣出，股票很聽話，我就這樣來回操作已經賺七次了。」

我說：「這麼神，你買幾張？」
他說：「我每次都買一張。」

我說：「那七次交易也有7,000元，不錯。」

他說：「可惜買太少，下次可以買多一點。」

那天在愉快的氣氛中結束用餐。

故事的後半段是這樣，經過連續操作獲利帶來的信心，讓他對投資股票充滿希望和樂觀，同時他也覺得以前太保守買太少，於是下次長榮航股價再跌到16.8元的時候他買進10張股票，你們知道發生什麼事嗎？他買10張以後股價就不再往上漲而是往下跌到15.8元，最後他在14.5元的時候受不了停損出場。

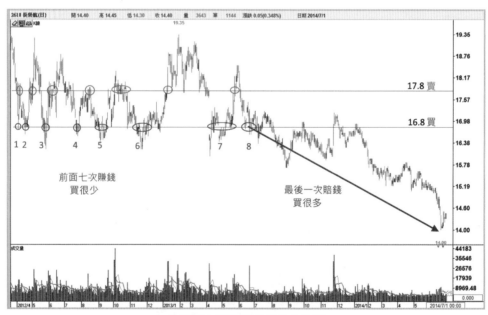

▲ 長榮航：連續勝利後放大注碼。

之前七次成功，每次賺1,000元總共賺7,000元，最後一次失敗，賠2.3元買10張，賠23,000元。一次賠的就把之前獲利全部吃掉。買小就

賺，買大就賠，到底為什麼？

　　事情是這樣的，假設你投資的勝率是五成，如果交易結果是對錯相間，賺一次、賠一次、賺一次、賠一次交替，你會不會突然買很多？不會。因為你不確定下一筆會不會賺錢，不會貿然買多。如果連續對個好幾次，你會不會想買多一點？可能會喔，因為你覺得自己很準，連續勝利為你帶來無比的信心，你正在為過去買太少而感覺到惋惜，覺得自己的投資太保守了，你開始計算那些與你擦肩而過的獲利，如果當初多買一些，所賺的錢就不只這些。你決定下次要買多一點，希望大賺一筆。但是你還是你，你並沒有突然變聰明，只是運氣好一點罷了，你的勝率並沒有突然間從五成提高到九成，對錯隨機分布，連續做對幾次以後，再放大注碼，其實離輸不遠。

交易次數	1	2	3	4	5	6	7	8	9
交易結果	O	X	O	X	O	X	O	X	？

　　對錯相間，下一筆，你會放大部位嗎？不會，因為你沒把握。

交易次數	1	2	3	4	5	6	7	8	9
交易結果	O	O	O	O	O	O	O	O	？

　　連續做對，下一筆，你會放大部位嗎？會，因為你太準了。
　　但是連續對了幾次以後，離輸不遠。

除了連續勝利會讓投資人想下大注以外，還有一種情況會誘使投資人下大注，激情的行情。行情快速噴出讓人腎上腺素激升，讓人處於興奮狀態，很容易衝動性消費。尤其買進以後行情快速噴出，快速跳動的數字會讓投資人後悔剛剛買太少，彌補心理作祟或者帳上的獲利讓人變得勇敢，多買一點吧！可是激動的行情常常發生在走勢的盡頭。

這就是為什麼買少賺錢買多就賠錢的原因。部位的大小不要隨著心情、隨著興奮與恐懼的程度決定，這樣容易失敗，而是冷靜的，有計畫的去規劃。還有一種常見的投資案例，「賠錢縮手，注定賠大賺小」。

賠錢縮手，注定賠大賺小

我相信大部分的人在賠錢之後會縮手，特別是賠的錢越大膽子越小，注碼下得越小。以下是一則真實故事，這故事不斷在不同時間、不同地點、不同主角的身上輪番上演。

有一次朋友問我行情大跌，手上200口的多單部位怎麼辦？我跟他說趕快停損，但行情快速往下奔馳，他嚇傻了，像是木頭人一樣定在電腦前，等到他回過神來行情就反彈，他想說就讓它反彈吧，等到少賠一些再出場。行情反彈沒多久又快速下殺，這時他又嚇傻了，不知道該怎麼辦，等到他想要停損的時候，行情又開始反彈，他想都已經跌這麼多，等少賠一點再出場，反彈行情維持沒有多久，下殺力道又出現，這次下跌速度加快，恐慌性殺盤，下跌的過程好像自由落體般，讓他快喘不過氣，想尖叫叫不出來，看著帳戶鉅額虧損，讓人頭皮發麻，完了，完了，一切都完了，絕望的平倉部位，像是洩了氣的皮球，感到無力。很神奇，就這麼剛

好砍在當天的最低點。止跌以後，我跟他說行情止跌，可以進場了。他說：「真的嗎？可以買嗎？」我說：「可以。」一個多禮拜之後，行情還真的漲回起跌點，我問他，賠的錢有賺回來吧？他答，沒有。我問，為什麼沒有？上漲的距離不是和下跌的距離一樣嗎？他說：因為我只買2口。

賠錢之後，縮小部位操作是一般人的反應，以簡單的數學來看，如果賠錢部位是10口，下一筆交易部位縮小到十分之一，只買1口。這次就算看對也要賺10次才賺得回來。輸錢縮手的情形，是賠錢以後要很久很久才能把虧損補回。賠錢之後的下一筆操作要縮小口數？等口數下單？還是放大口數？**我不會縮小口數，我會等注下單。**「**賠錢的時候大口數，賺錢的時候小口數，注定進入賠大賺小的痛苦模式**」。我以前也是這樣，經過檢討以後我決定反過來做，**要控制風險，應該在當筆交易做好部位控制和執行停損，而不是在下一筆交易縮小部位。**

如果你也會因為連續的勝利而忽然放大注碼，或是因為行情奔馳而衝動性放大交易部位，請在【惡魔卡】記下一筆：隨著貪婪和恐懼決定部位大小，在【天使卡】記下：有計畫的規劃部位大小。如果你也會在該停損的時候不停損，然後受傷以後才在恐懼的狀況下縮減注碼，請在【惡魔卡】記下：不捨得停損、隨貪婪和恐懼決定部位大小，在【天使卡】記下：果斷停損、有計畫的規劃部位大小。

惡魔卡	天使卡
輸家會做的事	反著做，贏家會做的事
隨著貪婪和恐懼決定部位大小	有計畫的規劃部位大小
不捨得停損	果斷停損

要如何克服隨著貪婪和恐懼來決定部位大小？

1. 事先規劃交易部位

有多少資金可以買多少部位？停損怎麼設定？這些都是一開始就該先設定好。投資最重要的事情是做損失規劃，萬一失敗的話會賠多少錢、可能占總資金的幾趴，要把損失控制在安全的範圍內。一位成功的投資者必定會規劃風險、控制損失。風險的控制從「部位」和「停損」兩方面決定。以前的我比較會隨心所欲決定部位大小，所以績效不穩定，常常錯的時候大部位，對的時候小部位。但是自從學會用風險的角度看待投資：每一次該買進多少部位、總共可以買進多少部位、停損怎麼設，可承擔的風險是多少、賠錢之後的下一筆交易部位要多大、賺錢之後的下一筆交易部位要多大……等。我的投資就有了規劃，績效不用再看運氣。

2. 嚴格執行

做好規劃以後，剩下是執行力了，有執行力的人能夠完成好的交易。投資是對自己負責，賺錢和賠錢是操縱在自己的手上，**「知道什麼」不會為自己帶來改變，改變來自於「做了什麼」**。不斷重複「規劃、執行、檢討、修正」，投資就會進步。

部位的重要性

一開始交易，覺得買賣點最重要，認為能掌握行情就掌握財富，後來，隨著交易經驗的增加體悟到部位是投資最重要的環節。我們無法控制行情會往哪個方向前進，我們唯一能夠決定的是留倉部位的大小。部位的

大小決定了我們的曝險和獲利程度，**行情不可控制，「部位大小」和「停損」、「停利」的設定是唯一掌握在投資人手上的**。投資人靠掌握自己的「部位」和「停損」、「停利」賺錢。而這三件事情最重要的是「部位規模」，手上先有部位，才有停損和停利。透過停損來控制風險固然是一種方法，但是最根本的虧損控制來自於部位規模。我們買進部位的大小，已經決定了我們的投資風險與報酬。

我們都希望在獲利的時候部位是大的，賠錢的時候部位是小的。但是實際狀況常常顛倒，仔細思考是因為人性所導致的結果，例如這篇文章所講的兩個故事，因為人性的貪婪和畏懼並不會帶來好的結果。我一直在思考怎樣可以做到獲利的時候部位最大，賠錢的時候部位最小。我試過有把握的時候下大注，沒把握的時候下小注，的確有段時間表現非常良好，放大注碼和縮注拉開了我賺錢和賠錢的差距，我感受到注碼的威力。但問題是這太主觀，每次我下大注的時候都覺得很有把握，然而，不一定一直都有好結果。就算機率對你有利，也可能會出錯。這樣做讓我大起大落，然後錯的那次恰好是下大注。經過長時間的試驗和摸索，我覺得最安全的注碼縮放方法是「**傑西李佛摩操盤法**」。注碼不一次放大，而是循序漸進的放大部位。 一開始用小部位投資，錯了只是損失最小的單位。而賺錢以後開始加碼，新的部位有舊的獲利部位保護。如果行情走出去，可以陸續加碼建立大的部位。只有這種方式可以做到持有大部位的時候是安全的、賺錢的，賠錢的時候是小部位。

有計畫的規劃部位規模，讓你不再買很多就賠、買一點點就賺。不再讓幸運女神跟我們開玩笑，而是我們自己掌握命運。

Part
2

方法建立篇
贏在修正

索羅斯：「我對未來的預測經常不準確，但我的確試圖去預測，並且當現實與我期待不符時，我願意修正我的預期」。要判斷行情的真假是一項困難題，要修正自己的預期和部位則是一項簡單題。所以，這部分要談論的是，對持有部位的修正，僅列舉一些大家熟悉的技術分析當案例，拋磚引玉。讀者可以將「修正」的觀念自行延伸到你所使用的任何技術指標上。行情不是漲就是跌，透過修正，我們可以將部位修正到正確的那一方。

1. 贏在修正：交易在買進之後，不在買進之前

大賺小賠是獲利模式，而非勝率

國外曾有學術機構研究，投資人所用的技術分析，例如均線黃金交叉買進、均線死亡交叉賣出、頭部完成作空，底部完成作多，盤整突破作多、盤整跌破作空……等的技術分析多空訊號，勝率統計只接近五成，你知道，費盡千辛萬苦研究、學習所使用的技術分析勝率居然也只有五成，那還不如一開始就丟銅板決定多空省事些，結論是技術分析無用。我認為，**技術分析之所以會讓投資人賺錢不一定是因為高勝率，而是因為訊號發生後可能會發動一波大走勢，大走勢的行情就是投資人主要獲利來源，有大波動就能創造大獲利**。我們可以利用頭部完成這個知識來賺錢，並不是因為頭部完成走勢「一定」會下跌，而是因為頭部完成以後有機會大跌一段，而且有可能在極短時間內大跌一段，只要我們設定好停損，就是一個大賺小賠的進場訊號，成功則大賺，失敗小賠。我們可以利用均線黃金交叉賺錢，並不是因為黃金交叉以後走勢「一定」會上漲，而是成功上漲的那次有機會大漲一段，我們靠大價差獲得大獲利，並且靠停損來限定虧損。操作只要做到大賺小賠，那就可以一次大賺抵過好幾次的小

賠，勝率不到五成也可以賺錢。我所知道的市場贏家有滿多是採用這種交易模式，讓自己的交易呈現大賺、小賠。程式交易，很多順勢交易的程式勝率只有三成多到四成多，卻能創造獲利。

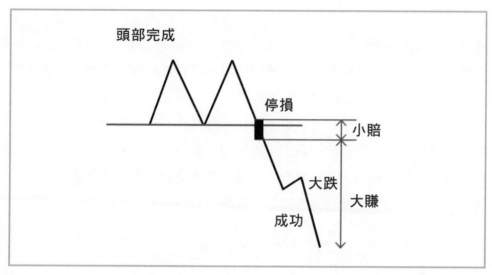

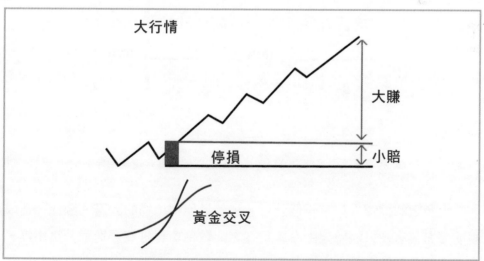

更進一步，贏在修正

　　除了剛剛提到的利用技術分析訊號，判斷出行情來博取大賺，並利用停損來將技術分析失敗的損失控制在小賠，形成一個大賺小賠的操作模式之外，還有沒有更進一步的交易方法，那就是「修正」。技術分析永遠是機率，再怎麼樣研究，勝率不可能百分百，永遠都有失敗的時候，也許對的機率六成、錯的機率四成，或者對的機率四成錯的機率六成，不管勝率如何，對的機率加上錯的機率永遠是百分百，不是嗎？所以不用鑽牛角尖在追求完美無誤的進場點，這並不存在。對的機率＋錯的機率 ＝ 100%，那麼我們只需要將重心放在買進之後的部位處理，而不在事前的分析。這樣會讓事情變得簡單，而且有效。**交易在買進之後，不在買進之前**。我所敬重的陳進郎先生也說過這樣的話：「贏在修正不在預測。」

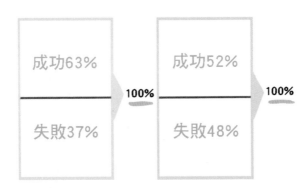

▲ 勝率永遠不可能百分百，成功與失敗的機率永遠是相伴的

　　大多數的投資人只有一個計畫，那就是獲利出場的計畫。因此，造成事前努力，事後只能聽天由命：買進之前做足功課打算買進賺一筆出場，買進之後若股價下跌，不在計畫內就不知道該怎麼辦，只能殷殷期盼等它上漲，聽天由命了。有一次我在號子裡遇到一位可愛的媽媽跟我聊天。

她說：「我所賣掉的股票每一支都賺錢。」

我說：「真的喔，怎麼這麼屬害。」

她說：「剩下沒賣的都是賠錢的股票。」

你把重點放對地方了嗎？

把重點放在判斷行情是困難題，未來充滿太多不確定性；把重點放在買進之後的部位處理，這是簡單題。因為我可以將未來走勢的規劃涵蓋所有的可能，而且真正影響帳戶賺賠的關鍵是對買進部位的處理。

困難題：到底怎樣才是真的上漲？

這需要花很多時間去學習技術分析好提高勝率，可是再怎麼提高勝率都沒有百分百的事，一定會有失敗的時候。就像是根據統計，過年後的開市第一天開盤上漲的機率高達九成，根據這個邏輯去下單，會在2014年得到失敗。2014年的封關日和開紅盤日兩天雙雙下跌。

▲ 花時間研究是漲是跌是一項困難題

簡單題：作多不成就作空

行情不是漲就是跌，作多不成就作空。

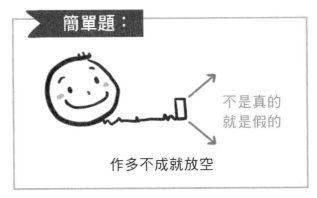

▲ 看錯就反手是簡單題

我記得有一次觀看索羅斯接受中國的節目訪談，其中有一段提到投資，這段對話很有意思，說明了市場上的贏家和一般人的差別。

主持人：「許多人稱你是投資者的戰略預言家，你能對未來做出正確的預測，你如何會有這種能力？」

索羅斯並不認同這樣的恭維，他說：「我對未來的預測經常不準確的，但我的確試圖去預測，並且當現實與我期待不符時，我願意修正我的預期，所以重要的是，能意識到我們對現實的理解永遠是不完美的、可改進的，而且永遠不會完善，這樣你就不會迷失方向，且會努力找到方向，又因為你試圖預測未來，有時確實會走錯路，那時你就會做出改變，所以必須對自己的信念保持質疑的態度，同時又必須保有它。」

　　主持人認為索羅斯能夠在投資市場上賺取財富是因為他能準確的預測行情，這也是以前的我以為「只要能夠預測行情我就能獲得財富」，但事實上並非如此。**財富並非來自於準確的預測，而是來自於交易行為**。事實上行情是無法準確預測的，因為它是眾人的結合，是一個複雜的、充滿不確定性的大型遊戲，你無法得知什麼時候會有什麼樣的勢力會去影響市場，而且會賺錢會賠錢的原因並不在行情的預測準確，而在部位的處理。賺錢以後是不是能夠抱得住部位，讓獲利擴大，賠錢的時候是不是能夠果斷停損，控制虧損。還有一點非常重要：是不是能夠放棄己見，改變自己的看法順從市場。成功的交易者索羅斯分享他成功的祕訣：「我對未來的預測經常不準確的，但我的確試圖去預測，並且當現實與我期待不符時，我願意修正我的預期。」

　　贏家，贏在修正。

2. 贏在修正：均線交叉

操作在買進之後 不在買進之前

從一個懂很多但不會賺錢的知識分子，到一個懂得怎麼賺錢的專職交易者，之間差別在於，知識分子將交易重點放在買進之前的行情判斷，贏家將重點放在買進之後的部位處理。

照著買進訊號買進以後下跌怎麼辦？

所有的技術分析，結果永遠有兩種，一個成功，一個失敗。技術分析是機率，再怎麼研究、再怎麼提高勝率、再怎麼慎選進場點都會有錯的時候，行情方向與我們判斷相同，我們賺得到錢，那麼行情判斷錯的時候怎麼辦？堅持己見直到賺錢為止？大多數投資人對於行情都是一廂情願，希望行情往自己期望的方向前進，以至於行情看對的時候可以賺到錢。行情看錯時，期盼行情最後證明自己是對的。行情沒有必要為我們證明什麼，不管我們有沒有進入股票市場，有沒有離開股票市場，股票市場永遠都會開門，股市不會因為我們離開而停止下來，我們沒有這麼偉大，所以，放棄己見順應市場才是對的。

均線交叉的修正

例如：5日均線和20日均線黃金交叉買進

▌ 加權指數篇

1. 黃金交叉成功案例

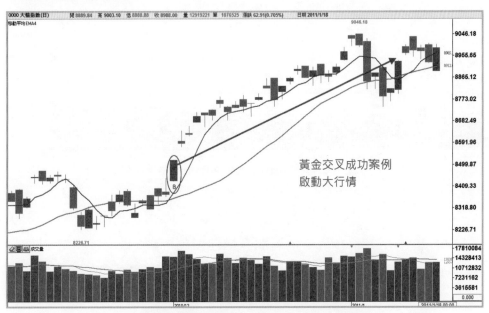

▲ 加權指數 2010/11/02~2011/01/18走勢

加權指數2010/12/01，5日均線和20日均線產生黃金交叉，這天買進，行情往上大漲一段，這是黃金交叉成功案例。

2. 黃金交叉失敗案例

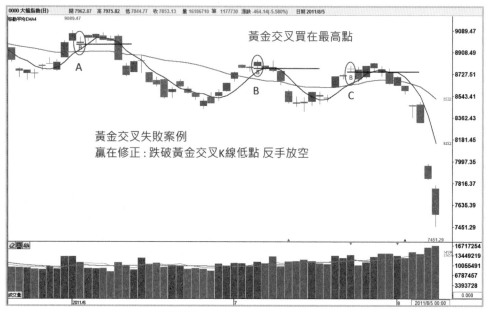

▲ 加權指數 2011/05/20~2011/08/05 走勢

　　之前章節有提過，均線在盤整區難以使用，例如加權指數在2011/05/20~2011/08/05這一個區間在橫向盤整，當5日均線和20日均線交叉時，行情就走到盤整區的相對高點，不久後行情就下跌。這段區間發生三次黃金交叉，三次都失敗。分別是A點、B點與C點。書上不是教黃金交叉是買進訊號嗎？看書都很準，怎麼實際操作時就不準了？買進不漲怎麼辦？我的回答是：「作多不成就作空吧。」

　　行情不是往上就是往下，沒有必要堅持行情一定要往哪個方向走，而是我們要順著行情去調整看法調整部位，永遠為自己擬定兩套劇本，一個判斷成功，一個判斷失敗。如果判斷失敗，我的計畫是「改變看法反手操作」。

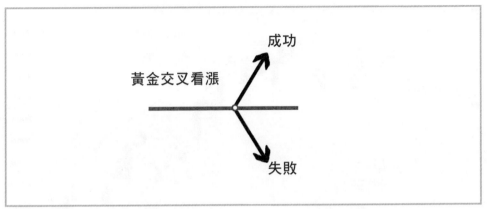

▲ 行情不是上漲就是下跌,永遠要為自己擬兩套劇本。

所以根據5日均線和20日均線黃金交叉買進,這段橫盤區間的A、B、C三次黃金交叉買在最高點怎麼辦?那也很好啊,買進就不漲表示我們買在最高點,這時我們不但要停損,而且要盡快反手操作,修正。停損+反手的點,可以設在買進K線低點,跌破買進K線的低點反手作空。如圖,我們可以反手空在非常高的點。**看不對就修正**,有這樣的交易思維,就不怕判斷錯誤。

這是一個非常棒的想法:「作多不成就作空吧」。

🕊 獨大提醒 ●

● 真正高明的交易者,不只會在發現錯誤的時候認賠,甚至還可以立刻建立反向部位。

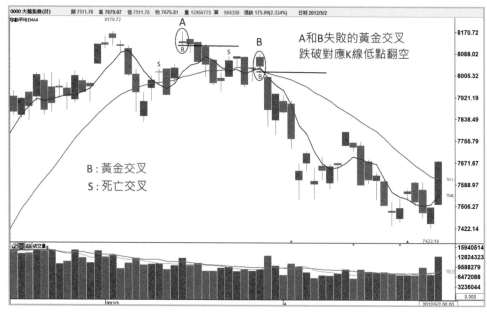

▲ 加權指數　2012/02/09~2012/05/02 走勢

如上圖，加權指數 A 點 2012/03/14，5 日均線和 20 日均線黃金交叉失敗，作多訊號買在最高點，不打緊，透過交易方法的修正，我們可以將手上的爛牌搖身一變變成好牌。轉個念，賠錢變賺錢。我們在跌破買進 K 線的低點後反手放空。本來是買在最高點，變成空在最高點。這不是很棒嗎？

同理可證，加權指數 B 點 2012/03/28，5 日均線和 20 日均線黃金交叉失敗，我們一樣可以**作多不成就放空吧**，反手空在非常漂亮的高點。

股票案例：台積電（2330）

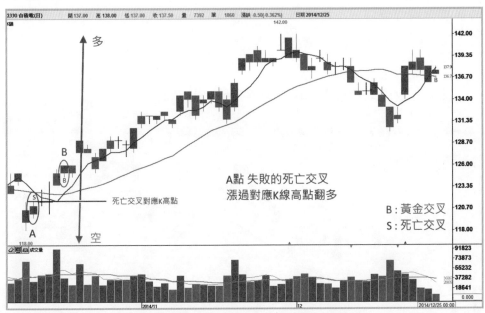

▲ 台積電 2014/10/08~2014/12/25 走勢

　　A點，5日均線和20日均線死亡交叉，失敗，接著走勢就上漲。這是一個失敗的死亡交叉案例，技術分析失敗怎麼辦呢？**作空不成就作多吧！**我們可以在價格漲過放空Ｋ線的高點停損＋反手作多。這樣就算放空失敗空在地板也不會覺得心灰意冷，既然知道是地板為什麼不作多呢？

　　B點，5日均線和20日均線黃金交叉，成功。成功就恭喜賺錢。

死亡交叉　➜　成功　➜　賺錢

死亡交叉　➜　失敗　➜　**修正**　➜　**賺錢**

任何的交易訊號、任何的行情判斷，只要在失敗之後增加一個修正，最後都會變成賺錢。不對就修正，看錯就修正，也許修正一次也許修正兩次，直到跟上走勢的腳步為止。

接著，我們以台積電為例，來看個修正的示範。

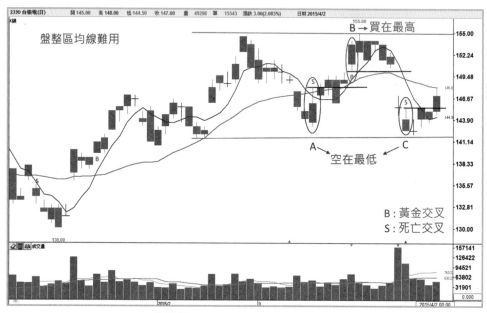

▲ 台積電 2015/01/06~2015/04/02 走勢

台積電（2330）2015/01/06~2015/04/02區間，走勢高檔盤整，利用黃金交叉買進，會買在最高點；死亡交叉放空，會空在最低點。均線交叉在盤整區就會被巴，常常買在最高行情就下來，空在最低行情就上去。如上圖，我們可以看到這個情形，要怎麼解套呢？方式如下：

- **A點，2015/03/11，5日均線和20日均線死亡交叉空在地板，空在地板**

就反手作多。

- **B點，2015/03/18** 5日均線和20日均線黃金交叉買在天花板，買在高點就反手作空。

- **C點，2015/03/27** 5日均線和20日均線死亡交叉空在地板，放空以後發現空在地板就反手作多不就得了。

　　行情還沒發生之前，我們永遠不知道行情會走突破還是走箱型，什麼都可能發生。如果你把重點放在如何判斷行情會往哪裡走，那麼就算頭髮全白了整顆頭都還沒有確定答案，技術分析博大精深學不完，就算學完了，行情的預測也會失準，學海無邊回頭是岸，如果你把重點放在「預測的修正」、「部位的修正」，那不是變簡單了嗎？行情只有兩種結果，不是漲，就是跌。另外，要在錯誤發生損失時，不造成傷害，就必須在持有的部位做好資金控管。

大師語錄

「如果你想要打中罕見且移動迅速的大象，那麼你應該隨時把槍帶在身上」

——華倫・巴菲特（Warren Edward Buffett）

3. 贏在修正：頭部完成

我們用「贏家，贏在修正」這個邏輯來看頭部完成後的操作，就不用把重點放在頭部完成的勝率有多高，也不用把重點放在如何準確的判斷頭部完成走勢翻空，我們只需在預測錯誤的時候要懂得修正。頭部完成成功的機率 + 頭部完成失敗的機率剛好百分百。

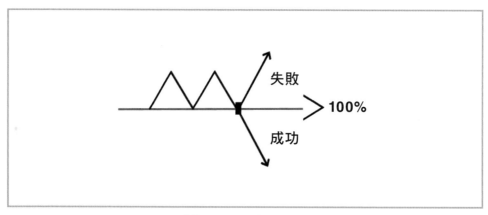

▲ 成功機率＋失敗機率剛好百分百

　　如果我們有「修正」的想法，作空不成就作多，那麼頭部完成對於交易者來講是一個令人興奮的交易訊號，因為它意味著會有大行情，行情不

是往下走一大段就是往上走一大段。我們可以藉由停損的設定和頭部完成會有大行情，來設計賺大賠小的交易機會。

在此之前，我們先對頭部的定義、頭部完成以後可能的走法來做個敘述，比較常見的頭部有 M 頭、頭肩頂，同樣都是跌破頸線形成頭部，交易方法也類似，在這裡以 M 頭舉例。

M 頭完成定義：走勢呈現兩個波峰，形狀類似英文字母 M，當走勢價格跌破 M 的低點也就是跌破頸線，做頭完成。M 頭是反轉型態，做頭完成即宣告多頭轉空頭。下跌滿足點先看 M 頭高低差一倍距離，再看兩倍距離……。

1. 做頭成功，往下跌

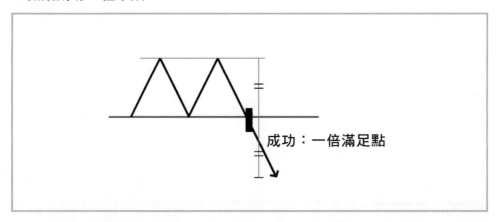

成功：一倍滿足點

滿足點為 M 頭高低差一倍距離的地方，先挑戰一倍滿足點，再挑戰兩倍滿足點、三倍滿足點……。

2. 做頭失敗，過前高

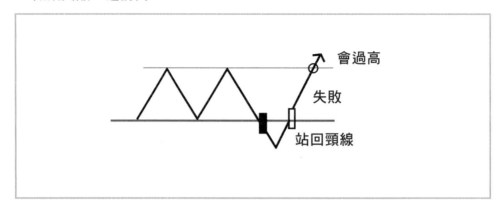

　　只要價格反彈站穩頸線就是做頭失敗，既然做頭失敗則股價會再創新高。快一點勝過慢一點，若等到過頭部的高點才確認做頭失敗走勢續漲，有點慢，慢了一個頭部的高低價差。

　　簡單總結以上：

- 做頭成功➡往下跌，滿足點一倍M頭距離、兩倍M頭距離、三倍M頭距離……。
- 做頭失敗➡往上漲，會過M頭高點，滿足點一倍M頭距離、兩倍M頭距離……。

　　不管作多還是作空，一倍M頭距離的滿足點是容易達到的，我們只要停損的距離小於滿足點，那就是一個很棒的賺大賠小的交易機會。放空停損點可以設放空K線的高點，作多停損點可以設作多K線的低點。

操作流程圖：

- M頭完成 ➡ 作空➡成功➡賺一倍以上M頭距離的價差。
- M頭失敗➡反手作多➡賺一倍以上M頭距離的價差。

M頭完成之成功案例

下圖是台股加權指數2011/12/15~2012/07/12 的走勢，在2012/04/03跌破頸線7840確認頭部完成，頭部完成以後來擬定交易計畫。

▎計畫一：做頭成功➡跌幅≧一倍頭部距離。

▎計畫二：做頭失敗➡走勢會過前高。

▲ 加權指數：做頭成功。

　　台股加權指數做頭，我個人選擇期貨和選擇權來交易，理由是這兩種商品槓桿比較高，只要掌握好風險，是可以換取超額利潤的。

一、操作期貨

▌計畫一：做頭成功

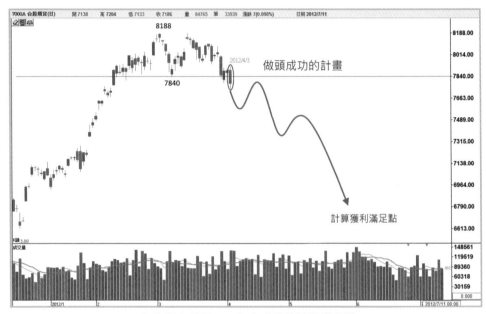

▲ 台指期走勢圖：頭部完成計算跌幅滿足點。

1.先算頭部的高低差和預計滿足點

M頭高點是8188，M頭低點是7840，M頭高低差的幅度有 8188-7840 = 348點。

- 一倍滿足點 = 7840 – 348 = 7492。
- 兩倍滿足點 = 7840 – 348*2 = 7144。
- 三倍滿足點 =7840 – 348*3 = 6796。

2. 決定停損點

停損有兩個條件，哪個先觸發就執行停損：

❶放空K線高點當停損。

❷收盤確認站上頸線停損。

若2012/04/03收盤7778跌破頸線去放空，停損設在放空K線的高點7919

停損幅度 = 7919 – 7778 = 141 點。

站回頸線停損會比較小，頸線位置 7840。

7840-7778= 62 點。

3. 衡量風險和報酬比

• 跌幅一倍當滿足點。

以較大的停損計算，用141點的停損去換取一個348點的獲利機會，

報酬/風險 = 348/141 = 2.46 倍，這門生意可以做。

• 跌幅兩倍當滿足點。

用141點的停損去換取一個348點*2

報酬/風險 = 348*2/141 = 4.93 倍，只要跌幅兩倍滿足點，風險報酬比就可以拉開到快五倍，這是值得一試的投資機會。一口期貨大台的保證金是83,000元（這是會調整的），兩倍滿足點可能的獲利機會有696點139,200元，獲利可觀。

▌計畫二：做頭失敗

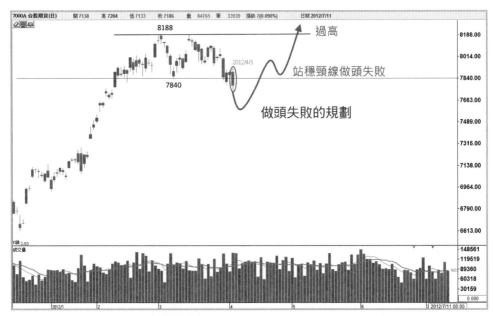

▲ 台指期走勢圖： 2011/12/15~2012/07/11

　　之後任何一天只要收盤價站穩頸線，可以主動停損空單，最慢在價格漲過放空K線的高點時停損，並且反手作多，目標價會過頭部高點8188。放空K線的高點7919 ，目標價會過8188 ，獲利空間 8188-7919 = 269點

二、操作選擇權賣方

▲ 台指期走勢圖： 2011/12/15~2012/07/11

選擇權交易一樣是看期貨的走勢，利用這個題型我來介紹選擇權**賣方**的賺錢方法，SELL CALL的意思是漲不過。

我們可以將SELL CALL的履約價設定在認為漲不過的地方。

- SELL CALL 履約價➡行情漲不過履約價位置。
- SELL CALL 9000 的意思是認為結算之前台指期不會漲過9000點。
- SELL CALL 8900 的意思是認為結算之前台指期不會漲過8900點。
- SELL CALL 8800 的意思是認為結算之前台指期不會漲過8800點。

依此類推……。

▌計畫一：做頭成功

保守的交易，SELL CALL履約價的位置可選擇頭部高點，既然做頭成功那麼頭部高點不會再來，頭部的高點是8188點，我們可以SELL CALL 8200，認為行情不過8200。

積極的交易，SELL CALL履約價的位置選擇頸線位置，既然做頭成功就不該站回頸線，頸線位置是7840，我們SELL CALL 7900，認為行情不會漲過7900，履約價越近獲利越高。

定義好空間以後，接著我們要決定時間，多久的時間行情漲不過我們所設定的高點，是一個月、兩個月、還是三個月？還是半年？時間越長獲利越高。

根據合約到期日的長短、距離的遠近決定投資的報酬率。以下將以圖表幫助讀者明白選擇權賣方交易怎麼利用頭部賺錢。

積極的交易

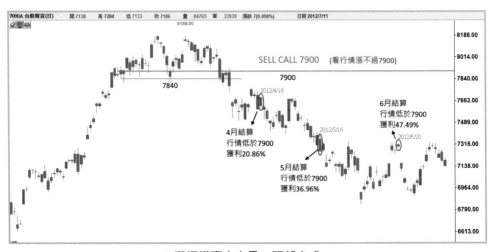

▲ 選擇權賣方交易：頭部完成。

　　將頸線7840當作今後指數漲不過的位置，SELL CALL 7900，跌破頸線後加權指數一路往下，短時間內無力漲過7900，根據不同的合約結算日有不同的報酬率，結算日和報酬率列表如下。選擇權賣方賺錢的邏輯是簡單的，對SELL CALL來說，只要界定行情的天花板即可。頭部完成作空，一年只要做對一件事情，投報率就非常可觀。

合約	結算日	選擇權賣方部位	權利金	保證金	報酬率	經歷交易日
2012/04	2012/04/18	SELL CALL 7900	2900	13,900	20.86%	10
2012/05	2012/05/16	SELL CALL 7900	6450	17,450	36.96%	29
2012//06	2012/06/20	SELL CALL 7900	9950	20,950	47.49%	54

保守的交易

▲ 選擇權賣方交易：頭部。

　　將頭部8188當作今後指數漲不過的位置，SELL CALL 8200。跌破頸線後加權指數一路往下，的確短時間無力漲過頭部高點8200，交易選擇

權賣方賺錢的邏輯是簡單的，只要行情小於、等於 SELL CALL 履約價，就會賺錢。

同樣都是 SELL CALL 8200，越遠月的合約時間價值越高，享有越高的投資報酬率。但是這裡要留意遠月的合約成交量少，可能有流通性問題，投資要考量流通性風險，購買遠月合約當出現行情和部位方向相反時，要用流通性大的近月合約去做避險。不要在成交量少的合約用市價停損，市價是危險的，有巨幅滑價的可能。玩家行話稱這種現象為「釣魚」。

合約	結算日	選擇權賣方部位	權利金	保證金	報酬率	經歷交易日
2012/04	2012/04/18	SELL CALL 8200	475	11,415	4.16%	10
2012/05	2012/05/16	SELL CALL 8200	2150	13,150	16.35%	29
2012/06	2012/06/20	SELL CALL 8200	4750	15,750	30.16%	54

✍獨大提醒 ●●●

● 投資優先考量的是風險、流通性，再者是獲利的追求，最後才是交易成本的考量。

計畫二：做頭失敗

　　之後任何一天只要收盤價站穩頸線，可以視為做頭失敗，這時我們可以停損空單SELL CALL部位，反手作多SELL PUT。SELL PUT的履約價一樣可以分成積極的交易和保守的交易。積極的SELL PUT位置在頸線，認為之後行情不會再跌破頸線。保守的SELL PUT交易可以將防守的位置拉遠到前低，行情不會跌破前低。而且SELL PUT履約價的位置越貼近台股指數報酬率越大，選擇到期日越遠的合約報酬率越高。

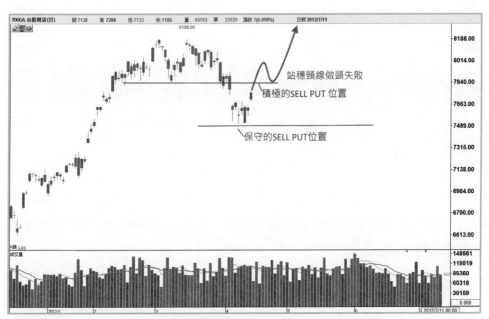

▲ 選擇權賣方交易：頭部失敗。

其他 M 頭完成失敗案例

▲ 加權指數：週K。2013/08/31~2015/04/18

　　這是一個做頭失敗的案例，時間是2013/08/31~2015/04/18，做頭不成會過前高。在價格站回頸線A點時作多，停損可以設進場K線的低點或是前波低點。我們可以選擇交易的商品有期貨、選擇權和0050ETF。我選期貨和選擇權做交易。

🐢 獨大提醒 ●

● 永遠為走勢制定兩套劇本，多空都在你的掌握之中。

其他 M 頭應用案例

▲ 台指期走勢圖： 2010/06/09 ~2010/12/08

- A 點，2010/08/26 跌破頸線。
- B 點，2010/09/03 站回頸線。
- C 點，2010/09/14 創新高。

　　我們可以在 A 點跌破頸線時因為頭部完成假設行情會下跌，作空。當價格站回頸線的時候，作空假設失敗，我們翻多。

　　作空不成就作多，贏在修正。

　　透過修正的機制，讓我們的部位方向與行情一致，謙卑，順從走勢，只有如此我們才會賺錢。擬定計畫的時候，將成功和失敗兩種情況都計畫

進去，於是不管結果是成功或失敗，我們都不感到意外，而且能夠安心的去執行計畫。型態需要較久的時間形成，頭部型態和底部型態是重要的型態，由於醞釀的時間較久，一旦完成能啟動的行情也較大。所以透過型態的完成來交易是個非常好的方法。不管成功或失敗，都在交易計畫之中。

大師語錄

「承擔風險，無可指責，但同時記住千萬不能孤注一擲。」

——喬治・索羅斯（George Soros）

4. 贏在修正：長黑

頭部完成有成功也有失敗，那麼跟長黑一樣也會有成功和失敗。頭部完成以後的操作邏輯一樣可以拿來用在長黑上。

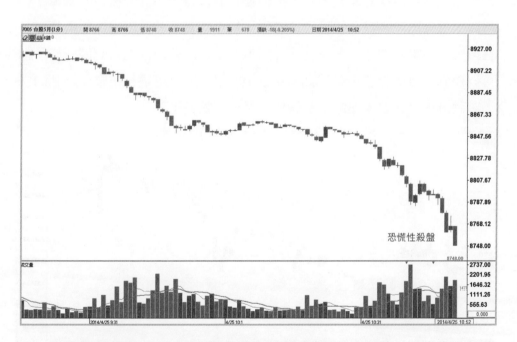

台股加權指數2014年已經在歷史相對高檔8000多點，非常多的投資人擔心指數已高，上漲空間有限，擔心高處不勝寒，指數會往下殺而不敢買股票，散戶參與的少，這點從成交量能不到千億可以看出，2014年4

月18日指數創下四年新高9002點，終於跨越久違的9000點大關，但是沒能站穩，一漲上9000就被獲利了結的賣壓給打下來，大概股民、基金操盤人都很少看到9000高點，忍不住逢高賣，此後第三個交易日指數往上一跳又站上9000大關來到9022點，沒想到開盤沒多久，逢高獲利出場的賣壓，又把指數壓回9000之下，台股高檔震盪，投資人害怕指數已高不敢買、逢高賣，但是外資比我們投資人還有信心，不但現貨連續買超24天，期貨也持有2萬多口的淨多單部位，台股在外資的參與下，指數一路往前挺進。兩個交易日後事情不對勁，先是因為F-再生（1337）做假帳事件被外資評定目標價為 0 元，帶動F股全面走弱，再來是那天出現極大賣壓，隨著股價跌幅擴大，手上已經獲利的投資人不計較價格的賣掉手中持股，這天出現多殺多的恐慌性殺盤，盤中期貨走勢畫出完美的拋物線，在最後一段瞬間加速，這速度感如開車在下坡路段將油門踩到底一樣，你可以聽到心跳的聲音，當天期貨大跌190點，這天可是作空豐厚獲利的一天。就這樣一天之內把過去一個月的漲幅都跌完了。

▲ 加權指數：2014/04/25 發生大跌。

這天台股加權指數下跌171點，指數已經在高檔，投資人都在觀察走勢走弱的跡象，這高檔爆大量長黑在技術分析絕對是一個空訊。

▲ 加權指數：疑似做頭。

長黑之後的第二天指數往下跳空但沒有往下殺盤，而是拉了根長紅，不知道和外資滿手的現貨、期貨多單有沒有關係。半個月後我舉辦一場投資講座，現場投資人問我怎麼看台股走勢，看跌還是看漲。我表示長黑大跌這天我本來看空，但是長紅大漲建立短底我改看盤整，預期之後指數在長黑和長紅之間整理，看最後往哪裡做突破再來確認方向。

這位投資人表示，他看空，而且陸續逢高建立空單部位，我跟他說這樣做是危險的，因為還沒證明你的看法是對的之前不宜加碼。傑西李佛摩

也說過只有在賺錢的情況下才加碼。

我們把走勢圖拿來看，在這個位置我和投資人的觀點不一樣的地方。

投資人：「我看空，所以我陸續建立空單部位。」

投資人把重點放在行情方向的預測，預測走勢會下跌所以逢高作空。

我：「沒賺錢之前不能放大部位。」

我把重點放在部位大小與風險管理，我不能肯定走勢會不會走空，事實上走勢是充滿不確定性的，任何事情都可能發生。假若把重點放在萬一看錯的話，損失會有多少？

我的想法和操作邏輯是這樣的：

預測、修正，並建立兩套劇本。

我知道高檔長黑攻擊可能是起跌，但是只要走勢再站上長黑，那麼還會再漲一段。

如果我因為看空而建立了空單部位，但是在我空單部位還沒賺錢之前，我不再建立其他的空單部位，以免錯誤發生時，我持有過大的部位。操作最怕的是下大注然後賠錢。會讓投資人遭受巨大損失的，都是買進大量部位，然後捨不得停損。

劇本一：高檔長黑起跌

高檔出量長黑，走勢可能會下跌，作空，但是沒賺錢之前，不能加碼，要把賠錢控制在賠最小注。

劇本二：過長黑再漲一段

只要之後的任一天 K 線收盤價站上長黑高點，停損空單翻多，賺錢再加碼，擴大獲利。最後走勢往上，並且漲了好大一段。再有充分的理由看空（或者看多），都不該持有過多的部位，以免錯誤發生時損失過大。操作要先計算風險，再追求利潤。

▲ 加權指數：過長黑翻多。

同樣的邏輯，我們來看其他長黑的案例。

如下頁圖2014年10月17日這天破底長黑，但是隔天馬上跳高收母子線，站上長黑高點後走勢改看多。這種長黑翻多的情況，我稱為「豬羊變色」。

上一個例子是起跌長黑，失敗，反向再漲一段，這個例子是跌了一段以後的長黑破低，失敗，反向再漲一段。兩個都是長黑，不論位置，共通邏輯都是長黑攻擊失敗，換多方發球。我有好多次長黑留空單，然後隔天往上跳空賠錢的經驗，我曾經試圖研究什麼樣的長黑下跌才會成功，但我發現這條路是徒勞無功的，不會有答案。就像索羅斯所說的，市場是充滿不確定性的。往技術分析領域去找答案，不會有確定的答案，不如去做操作規劃，行情不是漲就是跌，下跌不成就上漲。作空不成反手作多就好。這樣的思考，讓我操作變簡單，如何在充滿不確定性的金融市場賺錢，答案是接受並承認市場的不確定性，把方向錯誤的那一邊也規劃進去，那就沒什麼好擔心的了。

我們來看股票的例子。鴻海（2317），寫稿這天2015年4月22日，如果之後鴻海站上2015年3月31日高點，那麼應該解除下跌危機有機會再漲一段。

▲ 鴻海：過長黑有機會再漲一段。

我們來看聯發科（2454），在2014年7月31日這天長黑跌破高檔整理區，理應下跌，但是金融市場什麼都可能發生，我們沒辦法知道那些有能力影響股價走勢的大戶、主力、大股東在想啥，他想要砸錢拉股價沒有人可以SAY NO。價格是有影響力的人決定的，不是我們看圖說故事的人決定的。之後，聯發科走勢吃力的往上拉抬，拉完才用力的摔下來，萬般拉抬皆為出？也許等大戶下車了股價才能跌。2014年9月23日聯發科長黑下跌，這次是跌真的，走勢往下再跌一段。

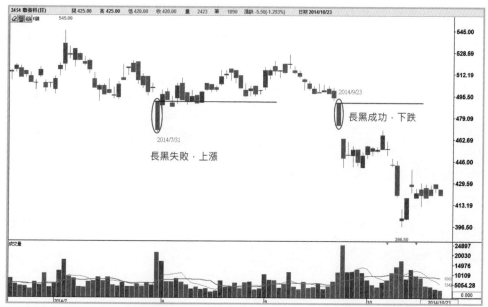

▲ 聯發科：長黑下跌，一次成功，一次失敗。

　　長黑下跌一次失敗一次成功，你說，如何得知何時是跌真的何時是跌假的。我放棄這樣的研究，往這方向去研究只會走入死胡同。

　　有個名氣大、技術分析功力相當高，但操作績效普通的分析師，有一天他接到一個金主的邀請，請他去當他的老師。這位金主在投資市場上賺了不少錢，但不懂技術分析，所以想把專業的講師請回家，教自己技術分析。這位有名的分析師為了求表現，指著一檔股票的走勢圖說：「根據某某技術分析，這裡是低點可以買進，買進會賺錢。」

　　金主：「你確定？」
　　專業分析師：「確定，這裡就是低點沒錯。」

金主拿起電話打給營業員，告知要大量賣出這檔股票，掛完電話不久這檔股票就開始大跌，分析師跌坐在椅子上，臉色鐵青說不出話來。

金主轉身對分析師說：「我可以這樣做，任何人都可以這樣做。」

投資是群眾的集合，行為是複雜的並且充滿變數，價格走勢沒有一定非往哪裡走不可。認清了這點，就不會固執己見。雖然如此，我們還是要試圖預測價格走勢的方向，有方向才能開始交易。但以機率來看，找到有趨勢的商品然後順著趨勢交易，勝率是比較高的。

註 解 ●

● 想得到更多長黑案例，或關心上述例子股價後來走勢，
請上 http://goo.gl/5L3CBV

5. 贏在修正：長紅

長紅是多方主力用錢砸出來的K線，長紅表態的是「當下」多方勝，這點無庸置疑，但長紅的下一天是漲是跌呢？長紅表態的接下來走勢是漲是跌？這就不一定了。如果長紅K之後一定上漲，那每個人長紅之後買進不就都發財了，事情有這麼簡單就好了。

寫書的同時，台股走勢奔向萬點。久違的萬點行情，上次台股行情

上萬點是在 2000 年的時候，距離現在 2015 年過了 15 個年頭。說真的，沒想到台股會上萬點，而且這麼快就上萬點，就在 2015 年 4 月 23 日這天外資領軍作多，買超 223 億，砸錢拉出長紅突破盤整區，隔天再買超 464 億，第三天再加碼買進 215 億，台股連三天上漲直奔萬點。行情來得又快又急，就在大家都習慣了盤整的節奏以後走勢就突然發生，看到長紅不敢相信，看著行情目瞪口呆。這一波是史上最冷的萬點行情，散戶參與者少，股票漲的家數少，只漲外資拉抬的金融股、高價股、權值股，不是過去上萬點百花齊放大家賺錢的榮景。這次的長紅上漲是真的，只是發生當下沒有多少人願意相信它是真的。2015 年 4 月 24 日延續前一日拉長紅的氣勢，跳高 42 點，9:06 的時候台指期在 9,887 點，隨後走勢一路往上挺進，這天選擇權買權 CALL 的走勢比期貨兇猛，期貨價格還會稍微回檔，但選擇權買方價格卻不斷上漲，市場透露出不尋常的氣氛，買盤不斷湧入買進 BUY CALL，不計代價的買，我也參與其中。10000 履約價的買權從 80 開始買進，一路加碼最後 1 碼買到 172，這天價格走勢走得非常陡峭，買盤源源不絕將價格快速推升，價格往上衝到 182，「指數 10000 點了」我聽到有人在尖叫，尖叫聲把我從操作裡拉出來，這時我才意識過來行情上萬點了，我太專注在選擇權交易，連續上漲的價格突然改變慣性快速回檔我趕快出清 BUY CALL 部位，出在 180 至 178 之間。從 9:06 台指期指數 9887 點到 9:19 台指期指數 10000 只花了 13 分鐘的時間，5 月的 10000 買權價格從 80 翻到 182，翻了兩倍多，週選擇權的價格漲得更誇張，週選 10000 的買權價格從開盤附近低點 10 漲到高點 91，只不過數十分鐘的時間價格成長八倍，難怪越來越多人進入選擇權市場，這是一個冒險者的樂園。

你知道嗎？這天券商很忙，不是忙著開香檳慶祝萬點行情，而是忙著幫客戶砍倉期貨空單、停損選擇權SELL CALL空單，空單的停損買盤助長了走勢的漲幅，指數點到10000以後價格快速下滑，六分鐘時間跌回近百點來到9910，那一波十幾分鐘的狂軋空，讓空單停損在高點之後，指數立即快速回檔，多麼慘烈的一場戰役，印證了一句股市古老諺語「空頭不死漲勢不止」，當你身歷其中感受特深。

2015年4月24日台指期走勢衝上萬點，一同見證歷史時刻。

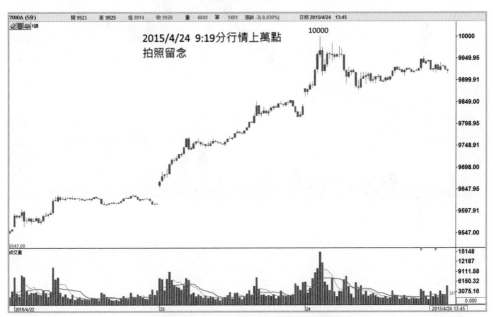

▲ 2015/04/24 台指期走勢上萬點

2015年4月24日，2015年5月履約價10000的CALL價格一路往上飆升漲182，可以比對期貨走勢和買方走勢，買方走勢強過期貨，這並不尋常。

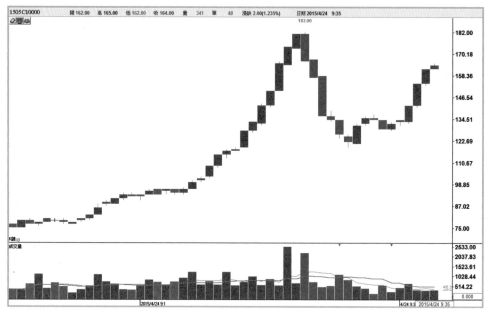

▲ 2015年5月選擇權10000的CALL走勢圖

獨大提醒

● 讓人害怕的強勁走勢往往是獲利最肥美的一段，錯過它就錯過95%的獲利。

　　2015年4月24日，2015年W5週選擇權履約價10000的CALL價格一路往上飆升漲到91。

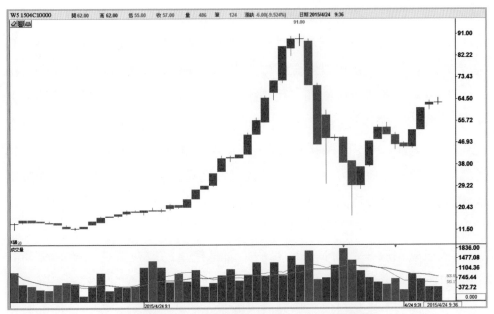

▲ 2015 年 W5 週選擇權 10000 的 CALL 走勢圖

　　操作有兩恨：

第一恨：看到長紅沒買進，漲真的。

第二恨：看到長紅買進，這次漲假的。

　　這就是投資/投機的兩難，這次看到紅K買進這次套牢，下次看到紅K不買進真的上漲。價格走勢就像是任意門，我永遠無法確定這扇門打開會看到什麼樣的風景，會通往何處。要怎麼在不確定的走勢裡面獲得獲利呢？答案就是「修正」。

　　我曾經試圖去研究什麼情況下才是確定上漲，什麼情況下是假的上漲。把重點放在研判行情的真假，在技術分析上下功夫研究，是徒勞無功的。當一個騙子有心騙你，他會精心設計把一切弄得跟真的一樣，這些狡猾的狐狸，當散戶學會技術分析，有心要欺騙散戶的主力就會設局，做成散戶學會的技術分析，讓散戶跳進去將貨倒給散戶。當散戶學會財報，有心要欺騙的公司一樣可以做假財報，當散戶學會看籌碼，有心要欺騙的主力一樣可以在籌碼上做欺瞞。我們很難分辨真假。有時候真，有時候假，真真假假讓人難以捉摸，撇開外在的虛幻反向求內在的真實，不用把重心放在外在：「研判行情的真假、消息的真假、籌碼的真假、財報的真假」，而把重心放在內在：「交易觀念、交易行為、交易方法」。因為風險和獲利來自於投資人本身的交易行為。

　　不把重點放在判斷長紅的真假，而是把重點放在買進之後的交易計畫，對於長紅，我的交易計畫是這樣，一律當作是漲真的，若錯誤則停損＋反手。獲利不是來自於勝率幾成，而是不管正確或者錯誤，行情都有機會走一段。當然，因為台股對於放空有諸多限制，實際執行作空不是這麼方便，不過至少可以多單出場避開下跌的損失。

　　寫文的日期2015年5月2日用選股條件找出以下的股票，最後一根K線的日期是2015年4月30日，可以看得出這些股票有個共同特徵，就是高檔長紅失敗反向跌一段。我的選股條件是找出**創10日新低的股票**，由於現在正值台股上萬點剛拉回，大部分股票走勢是偏強的，所以用這條件找出來的股票大多是漲多回檔，不是長空走勢。台股上萬點這些股票無法創新高，卻領先大盤走弱，若台股日後真的走弱，這些領先台股走弱的股票將更不利。

● 亞諾法（4133）

在2015年2月9日帶量長紅突破盤整區是買進訊號，但是跌破長紅K低點就該停損出場。我相信大部分的投資人都有紅K買進，買進就套牢的經驗，運氣好的很快解套，運氣不好的會住超級套房。下次買進理由不存在就出場，這樣就不會一直套牢了，因為突破盤整的長紅買進，跌破長紅出場甚至放空（如果可以放空的話）。

● 福華（8085）

　　2015年3月16日的帶量長紅突破盤整區是買進訊號，但是日後跌破2015年3月16日的長紅建議不要持有這檔股票。為了安全起見先走一趟再說。帶量突破前高表示很多人在那裡買進，才剛起步就失敗，主力在這裡出貨的可能性高，尤其是長紅第二天放量不漲，隨後長黑跌破，這不是出貨什麼是出貨？這檔股票走勢我偏空看，有可能翻轉下跌。

● 全智科（3559）

　　走勢類似上個例子福華，2015年3月20日帶量創新高，隔天量大不漲要小心，為什麼出大量價格漲不上去？這些大量是誰在買誰在賣？是不是主力逢高出貨？這檔股票走勢我偏空看，若未來2015年3月20日大量攻擊紅K的低點跌破，更是轉弱的跡象。

● 日揚（6208）

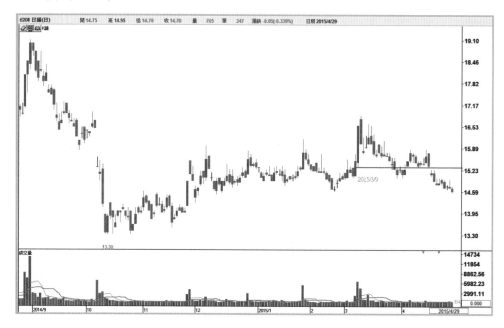

　　2015年3月9日長紅帶量突破盤整區，是技術分析上的買點，但是買進之後就收下跌，一日行情有跡可循，觀察這檔股票過去的走勢，都是一日行情，一根長紅帶量突破盤整就下跌，整理一段時間再上漲，常說謊的股票不要做。跌破突破的長紅K有可能是假突破，這檔股票偏空看。

● F*太景（4157）

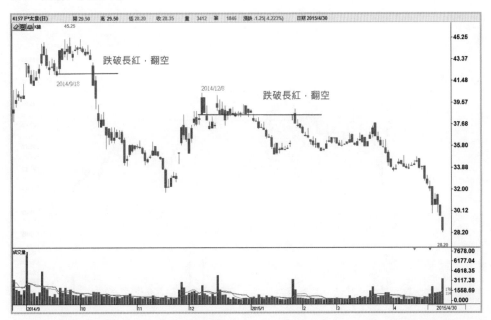

　　跌破2014年12月8日的攻擊紅K，走勢轉弱。之後走勢雖有反彈但無法超越攻擊紅K高點，上漲時的多方進攻堡壘變成下跌時的空方防守要塞，就表示走勢反轉。

5. 贏在修正：長紅

● 欣興（3037）

　　2014年12月4日帶量突破盤整區是買進訊號，相同的在價格跌破長
紅低點，就不要持有這檔股票，可以避開下跌的損失。

● 華亞科（3474）

　　2015年1月5日以後走勢轉弱，這段時間股價從49元跌到34元。可以看到本來創新高的攻擊紅K高點變成日後反彈的上漲壓力。這走勢很明確的告訴投資人：「主力已經出貨了，你沒有必要幫主力護盤。」

● 華亞科（3474）

　　其實華亞科走勢早在2014年7月3日攻擊紅K被跌破以後，就宣告走

勢轉弱，這裡的攻擊紅K高點變成日後走勢反彈的壓力，支撐和壓力在走勢反轉的時候有互換作用，2014年7月24日反彈不過長紅高，長紅本來是多方攻擊的支撐，反過來變成下跌的壓力，確認2014年7月3日攻擊紅K是漲假的。

● 技嘉（2376）

　　跌破最後一個攻擊紅K（2015年1月22日）低點，走勢轉弱。其實可以進一步觀察，出現攻擊長紅之後，價格都無法有效站上攻擊紅K的高點，就有支撐變壓力的多空反轉味道。既然都啟動攻擊紅K，為何走勢漲不上去？連攻擊紅K的高點都站不上？這個攻擊紅K是主力做出來的誘多紅K嗎？請散戶上車倒貨給散戶？還是有更大的空方勢力將多方主力給打壓下來？不管是哪一種都不是好現象，這檔股票我偏空看，直到多方重新表態為止。

同樣邏輯來看裕民：

● 裕民（2606）

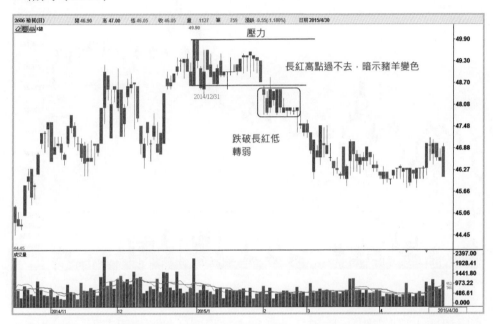

跌破最後一根紅Ｋ（2014年12月31日）低點走勢轉弱，其實在攻擊長紅拉出來後走勢一直無法突破長紅高點，就怪怪的……。那根出量攻擊長紅是在攻擊起漲？還是在做陷阱給散戶進場？當多方攻擊的Ｋ線反過來變成價格上不去的壓力，就是多空翻轉的徵兆。**寫稿當下2015年5月2日，裕民這檔股票我偏空看，理由是豬羊變色，上漲不成就看空。**

● 美利達（9914）

　　2015年3月5日走勢長紅創新高，但隔天就收黑K烏雲罩頂，長紅的高點變成上漲的壓力，跌破長紅低點走勢轉弱。地板變天花板、支撐變壓力，走勢轉空以後本來是多方支撐的長紅低點，日後變成空方的壓力，可以看到走勢反彈到長紅低點遇到壓力過不去。目前這檔股票價格跌到頸線位置而且下跌出量，距離高點263元已經跌了33元到230元，做出高賣低買的價差，而且在地板之前出量，顯示有人在低檔承接股票，這裡我選擇多觀察一下不追空，看看是否會跌破重要頸線支撐，還是從此反彈。如果我很不幸的追高在2015年3月5日，我會在跌破攻擊紅K的低點就出場。「進場理由不存在就出場」。如果可以放空我會反手放空。

操作像打架，不要怕挨拳

「買在最高點之後的修正是：空在最高點。」只要懂得修正，我根本不怕買在最高點。當走勢告訴我買在最高，反過來就是空在最高。假突破真下跌、假跌破真上漲、還是突破以後行情真正展開？走勢真真假假無須費心去猜，作多不成就放空，放空不成就作多。這是黑心主力教我的事，我常常掉進主力精心設計的陷阱，也常常因為被騙好幾次而不敢進場，錯過真正的行情在旁邊乾瞪眼、捶心肝，交易就好像兩個人在比武打架，不要怕挨拳頭，吃了對方一拳反手回敬幾拳便是，加倍奉還。現在的我根本不怕這到底是不是主力做出來的陷阱，勇敢進場，發現誤入陷阱反過來做，而且是立刻反過來做，跟著主力做。操作不要怕出錯，怕出錯就什麼都不敢做，當你過濾掉陷阱的同時，也會過濾掉可能的機會。

用這樣的邏輯、想法去看操作，根本沒什麼好擔心的。因為我們不凹單、勇於停損、不怕被騙，每次的訊號發生都勇敢進場，行情只要發動我們就會在車上，行情反向發動我們也會在對向的車上。

註　解

● 想知道上述股票後勢行情，請上 http://goo.gl/gGQD95

6. 贏在修正：當沖騙線

當沖是最難的，短線走勢難以捉摸，充滿了騙線陷阱，尤其是期貨、選擇權是零和遊戲，幹掉對手就可以獲利，口袋有資金，有良好的電腦、網路設備，有操作能力的主力、作手，就可以專門做陷阱誘使散戶進場，做騙線來沒收散戶的錢。當沖領域是一個錢多欺負錢少、速度快欺負速度慢的世界。

只要幹掉對手就可以賺錢，作手不但要懂技術分析，還要非常懂交易心理，知道什麼樣的情況，散戶會進場追多；什麼樣的情況，散戶會停損；什麼樣的情況，散戶會進場追空，然後做出散戶會做的線，反著做就好。有交易經驗的人，都會經歷這一段：「為什麼我作多就下跌，進場作空就上漲，我老是當反指標，屢試不爽。」、「為什麼我買進就漲假的，不買就漲真的，老天真愛捉弄我。」我必須很誠實的講，我沒有辦法不被騙線，因為過濾掉可能的騙線，同時也會過濾掉可能的行情。但是當我被騙線以後，我知道我錯了，我會迅速認錯並且做部位的修正。越快認錯，福報越大，真的。尤其是短線交易，這是比速度的戰場。

主力會做陷阱讓散戶跳入，當散戶學會技術分析知道破低是行情下跌的特徵，過高是行情上漲的特徵，那麼主力只要將行情做成破低，就可以

吸引空單進場和觸發多單停損，所以主力可以在上漲之前先下跌誘空，然後和散戶對做就好，把散戶幹掉當肥料。

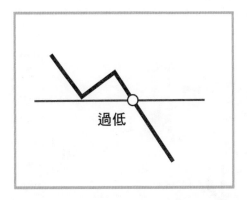

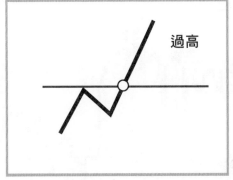

同樣的，只要行情過高，就會吸引買盤進入，也會觸發空單停損，所以主力只要有心，就可以製造陷阱，讓散戶爭先恐後跳入。這些破低和過高的K線，通常是快速的、大根的、大量的。看到行情在極短時間內快速前進，投資者心會跳很快，容易讓人衝動下單，快市追價者眾、停損者眾，於是速度快上加快、成交量放大。

例如下圖台指期 2015/03/16 的走勢，圖是 1 分 K 走勢圖，10:01 行情往下破底殺出一根長黑（其實也沒多長，高低差14點，只是看起來很長），誘出2700多口的成交量，這巨大的成交口數中可能有幾口就是你我貢獻的，當我們作空、或者多單停損以後發現走勢就不下跌了，走勢漸漸拉高，這個時候大部分空單投資人還不會認輸，因為只是漸漸拉高而已，還不是拉很高，速度慢慢的不會怕，直到10:16分走勢往上衝，拉出一根長紅（其實也沒多長，高低差13點，只是看起來很長），走勢飛快往上拉，過高，只要過高就會引發買盤進場，也會觸發空單停損（大多數的空單停損單都是設定在前高），因為只要過高，前一區不管在哪個點進

場作空都是賠錢的，搞到大家作空都賠錢，很容易引起空單停損單出籠。當空單停損（或者追多）以後行情就結束。接下來怎麼辦？

破低，行情是跌真的跌假的？

過高，行情是漲真的漲假的？

我們不用花心思在判斷行情的真假，而是要把重點放在部位怎麼處理，手上有部位該怎麼處理？手上沒部位該怎麼辦？

● 當行情破低

▌狀況一、當行情破低，手上有多單。

一定要停損，沒有第二句話。**當發現停損在低點，可以再買回來。**

狀況二、當行情破低，手上有空單。

走勢對部位有利，等待行情拉開。

狀況三、當行情破低，手上沒有部位。

可以追空，因為你永遠不知道這次是跌真的還是跌假的，當發現是跌假的，空單出場翻多。

當你對走勢有規劃，對交易擬定計畫，在走勢不如預期的情況下（原本認為破低、會展開一段新的行情），沒有展開行情我們可以反手操作。你可以在10:01出現破底騙線之後，反手作多。

● 當行情過高

狀況一、當行情過高，手上有多單。

部位對行情有利，靜待行情拉開。

狀況二、當行情過高，手上有空單。

一定要停損，不要期待行情會回跌，不要去猜測漲真的還是漲假的。**當發現停損在高點可以再空回來**。

狀況三、當行情過高，手上沒有部位。

可以追多，因為你永遠不知道這次是漲真的還是漲假的，當發現是漲假的，多單出場翻空。

在10:16多單進場以後發現是騙線，我們可以反手放空。若是原本持有空單被掃停損出場以後發現被騙，一樣可以再空回來。

例如2015/03/16這天10:16，當你發現這根過高的K線是騙線，只要修正看法反手放空就可以了。

與其花心思判斷行情真假，不如花時間去思考部位調整、擬定交易計畫。

交易流程圖

行情發動→相信行情是真的
→ ❶發現是真的→判斷正確→賺錢
→ ❷發現被騙→修正→賺錢

盤整盤的操作法

這裡提醒投資人，不要在盤整區裡面反手，盤整區區間內作多作空都討不到便宜，要在整理區的下緣作多、整理區的上緣作空這樣比較有空間。追空在地板以後直到紅K急拉空單認輸才反手作多，這太慢了。主力專門做陷阱和散戶對做，誘多、誘空，雙巴。建議當沖反手快一點，發現錯誤追在高點空在低點，請立刻反手。這時你是在雙巴區的上下緣反手，你可以吃到主力反向操作的那一段。

破底不跌，立刻反手作多，多單出在長紅出量急拉，出在市場追低的空單被掃停損時。過高不漲，立刻反手作空，空單出在長黑出量下殺，出在市場追高的多單被掃停損時。

7. 贏在修正：KD指標

只要懂得贏在修正，作多不對就作空，作空不對就作多，這樣的想法可以應用在所有的技術分析，這章節以KD隨機指標來舉例。技術分析沒有百分百，唯有懂得修正。

▲ 圖一　加權指數：KD指標。

本書將重點放在如何使用KD指標以及修正它。技術分析教我們，KD黃金交叉是買點，KD死亡交叉是空點，所有的有關KD技術指標的用

法都是圍繞在黃金交叉和死亡交叉。我們先以台股加權指數的走勢圖來看
KD 指標的應用。

　我們根據 K 值與 D 值的黃金交叉和死亡交叉在 K 線上標出買點「B」
和空點「S」，如圖一，黃金交叉的買點日期是 2015 年 4 月 23 日，死亡交
叉的賣點日期是 2015 年 4 月 30 日。

　在研究技術分析的時候，將買賣點都標在圖形上比較一目了然這訊號
準不準，但要在圖上標註每一個買進和賣出訊號挺費事，把這事情交給電
腦程式去幫我們在 K 線上標註出買進訊號和賣出訊號。我利用日盛 HTS
程式在 K 線圖上標註 KD 的黃金交叉「B」和 KD 死亡交叉「S」。

▲ 圖二　加權指數：在 K 線圖上標示黃金交叉 B 和死亡交叉 S。

參考程式碼如下，

```
KD 黃金交叉＆死亡交叉 程式訊號 HTS版
Parameters：HighLowTerm（9）
Variable ：Factor（1/3），slow_K（0），slow_D（0）


Value1 = VALUE1[1] +（Factor *（FastK（High, Low, Close,
HighLowTerm）- VALUE1[1]））
Value2 = 2/3*Value2[1]+Value1*1/3
slow_K = Round（Value1,2）
slow_D = Round（Value2,2）


IF  slow_K CROSS ABOVE slow_D THEN
        DRAWPOINT1（BOTTOMSIDE," B"）
END IF


IF  slow_K CROSS below slow_D THEN
        DRAWPOINT2（TOPSIDE," S"）
END IF
```

　　如圖二所示KD的黃金交叉、死亡交叉的買點賣點非常多，KD指標的優點是靈敏，缺點是太靈敏以至於訊號過多，KD指標使用的重點是怎麼在眾多的KD黃金交叉、KD死亡交叉買賣點中過濾出比較好、比較有效的進出場點？

　　我們再來看一段台股加權走勢KD交叉買賣點，讀者可以看到在K線圖上標示KD黃金交叉買點「B」和KD死亡交叉賣點「S」。可以看到圖

中非常多「S」空訊，在這一段上漲走勢所有的空訊都會失敗，只有最後一次空訊成功，空在走勢的盡頭。

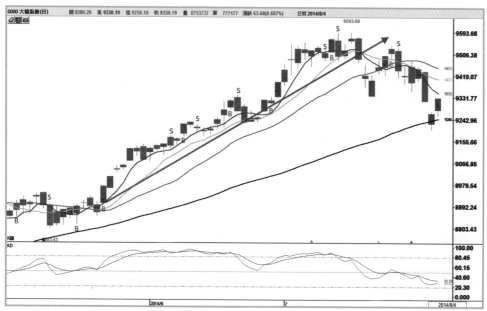

▲ 加權指數：多頭走勢作空卻會失敗。

贏在修正與順勢操作

　　這一段上漲走勢，我們可以應用這章節所說的「贏在修正」，作空不成就作多，只要KD死亡交叉放空訊號失敗就反手作多，失敗的定義：「價格漲過放空K線的高點」，每一個「S」空點都是日後反手作多的點，但為何不直接操作對的那一邊呢？讀者可以發現，反手作多的點幾乎等同於黃金交叉的點，逆著走勢操作會不斷失敗，只會成功在最後一次，順著走勢操作，可以成功N次直到最後一次失敗，想通這點，你要逆著走勢操作還是順著走勢操作？技術分析隨時都有多訊和空訊，投資人要懂得過濾不必要的訊號。而「順勢操作」是投資人最重要的依據，有關「順勢

操作」會在第三章詳述，所以下方走勢圖是台股在2014年5月22日長紅突破盤整區啟動一波多頭行情，這段走勢K線大部分時候在5日均線、10日均線、20日均線、60日均線的上方，均線呈現多頭排列，這是明顯的多頭走勢，多頭走勢作多不作空。這觀念套用在KD交叉得到三個重要結論：

1. 均線多頭排列，只作多，專做**KD**黃金交叉買進。

2. 均線多頭排列，不作空。忽略所有的**KD**死亡交叉，放棄空在高點就不會一直逆向操作。

3. 均線多頭排列，所有的**KD**死亡交叉都是一個可以反手作多的點，直到最後一次失敗。

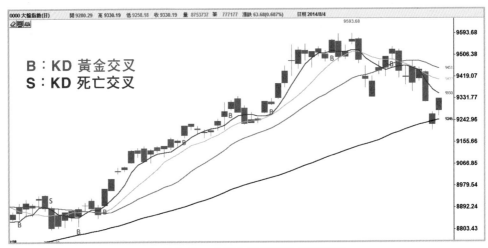

▲ 加權指數：多頭走勢及關注多頭訊號。

　　使用上述這個想法，在多頭走勢可以過濾掉非常多沒有必要的空訊，只留下順著走勢操作的買訊。

● 交易步驟：

STEP1：判斷趨勢。

STEP2：決定操作方向。

STEP3：順著走勢操作。

更多順勢交易的操作觀念和方法請看第三章。

● 依循上述想法來過濾掉下圖沒有必要的操作訊號：

STEP1：判斷趨勢：均線多頭排列，多頭。

STEP2：決定操作方向：作多。

STEP3：順著走勢操作：均線多頭排列，KD黃金交叉作多，忽略KD死亡交叉的空訊，若價格漲過KD死亡交叉對應K線的高點，作多。

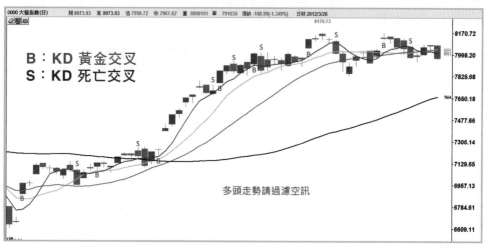

▲ 加權走勢 2011/12/19~2012/03/26

● 依照前述想法來過濾掉下圖沒有必要的操作訊號：

STEP1：判斷趨勢：均線空頭排列，空頭。

STEP2：決定操作方向：作空。

STEP3：順著走勢操作：均線空頭排列，KD死亡交叉作空，忽略KD黃金交叉多訊，若價格跌破KD黃金交叉對應K線的低點，可以作空。

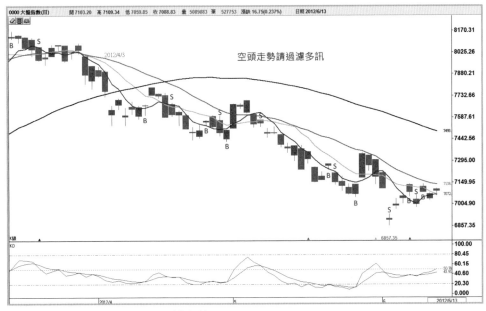

▲ 加權走勢 2012/03/14~2012/06/13

我們來看看百和這支股票。

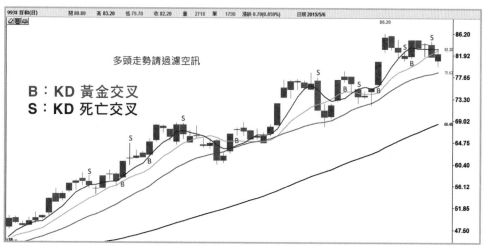

多頭走勢請過濾空訊

B：KD 黃金交叉
S：KD 死亡交叉

▲ 百和（9938）2015/01/22~2015/05/06

● 仍然使用順勢交易的觀念來過濾掉上圖沒有必要的操作訊號 ：

STEP1：判斷趨勢：均線多頭排列，多頭。

STEP2：決定操作方向：作多。

STEP3：順著走勢操作：均線多頭排列，KD黃金交叉作多，死亡交叉
不作空，價格漲過KD死亡交叉對應K線的高點，是多單進場點。

透過KD指標的修正這篇文章來敘述順勢操作的重要性，趨勢明顯向
上，與其先作空再停損、反手作多，不如一開始就做對方向。

註 解 ●

● 更多的KD教學案例，請上http://goo.gl/ro7KhX

8. 贏在修正：再修正

傑西李佛摩書內有一段很傳神的交易故事：

> 我的第一筆交易是買進兩萬包棉花，但好幾天價格都沒動靜，我感到十分厭煩，於是出清手中棉花，帶著3萬美元的損失出場。過了幾天，市場再度吸引我對棉花的興趣，我再次買進兩萬包棉花，同樣的事情再度發生，我再度出清部位。六個禮拜內，我重複了五遍這樣的操作，每一筆的損失都在25,000至30,000美元間。我對自己萬分嫌惡，損失將近20萬美元，簡直一無是處。我命令辦公室經理在隔天清晨我進辦公室前，將棉花的報價系統搬出去，我再也不想看棉花行情了，鬱悶的心情讓我無法做清晰的思考。但兩天後，我對棉花完全心灰意冷之際，漲勢發動了，行情頭也不回的直上500點。我就這樣錯失了一次迷人，且穩當程度超乎想像的狂漲之旅，我錯過百萬美元的獲利。我事後分析，原因有二：一，我沒有耐心等待時機的到來，缺乏等待**關鍵點**的意志力。第二，我沒有遵循良好投機程序導致判斷失誤，我縱容自己對棉花市場感到憤怒與厭惡。

我的看法是這樣，就算等到**關鍵點**進場也可能被騙。主力總是會做陷阱，讓價格漲過**關鍵點**引發買盤，請投資人上車後再反向走、或者價格跌

破**關鍵點**引發停損單，把投資人都請下車後行情才發動。如果不想錯過行情我們只能跟到底，將錯賣的部位買回、將錯買的部位賣掉，操作難以避免錯誤，我們只能修正。操作就是不斷的修正再修正。關於操作的修正，有幾點重要的部分：

一、修正再修正

操作可能不只修正一次，而是修正再修正。儒鴻（1476），至反彈高點336元以來經過30天的價格修正，2015年1月21日帶量長紅突破前高，突破（關鍵點）是一個進場點，帶量突破是有效的突破，有效消化賣壓籌碼換手。交易第一件事是進場同時決定停損點，如果我們將停損設定在攻擊紅K的低點333元。

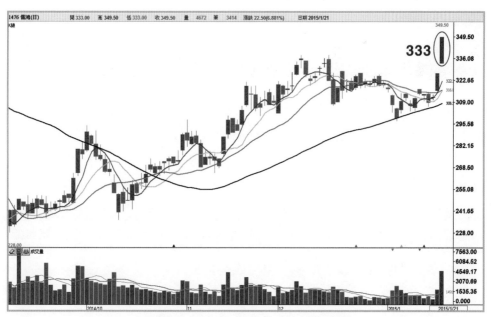

▲ 儒鴻（1476）2014/09/05~2015/01/21

　　2015年1月30日股價確實跌破我們的停損價，跌破長紅低點，進場理由不存在出場。根據本章節所教，作多不成可以反手作空，我們可以在多單出場時反手放空。

　　同樣的，新進場的空單也需要設定停損，我們認為長紅K跌破豬羊變色，長紅K的高點是壓力，走勢不容易漲過，我們可以將空單停損設在長紅高點349.5元，只要行情能夠再創高點，表示買盤消化所有賣壓，行情會再漲一段。

　　A點買進，停損設長紅低點。

　　B點停損+反手放空，空單停損設長紅高點。

　　C點空單停損＋反手作多，停損設轉折低。

　　根據修正，可以讓我們抓到誘多反向下跌的走勢。根據修正再修正，可以讓我們重回多方行列。**不管行情往哪走，只要持續修正、再修正，我們都將走在正確的道路上。**

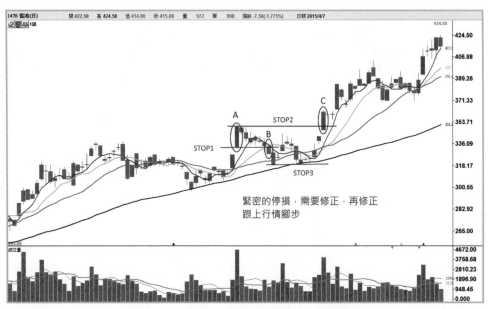

▲ 儒鴻（1476）2014/11/11~2015/04/07

🦅獨大提醒 •

● 操作就是不斷的重複預測、執行、修正。贏在修正、再修正。

● 「修正，抓到誘多反轉示意圖」

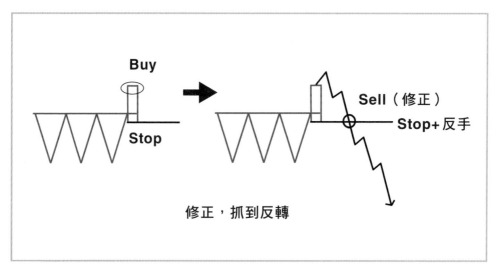

● 「修正再修正，重回多方行列示意圖」

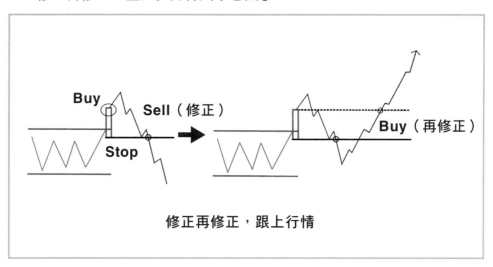

二、停損的設定—寬鬆的停損與緊密的停損

　　如果認為剛剛走勢最後上漲而覺得停損翻空那一段是多餘的，那麼可以思考停損怎麼設定。認為多單不要這麼快出場，停損設得太緊密，我們可以設得寬鬆一點，例如將停損設定在前波低點再低一些，如此 A 點買進，若是拉回就不會觸發停損，部位可以一直抱著，如下圖所示。

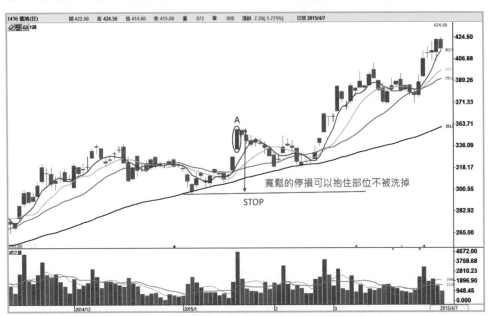

　　停損設定是一種藝術，設定緊密停損有緊密停損的好處，設定寬鬆停損有寬鬆停損的好處，如果設定寬鬆的停損，則部位不容易被洗出場，比較能抱得住，但是停損發生時停損價差較大，寬鬆的停損請降低部位好降低風險；設定緊密的停損優點是損失比較小，但缺點是容易被洗出場，不喜歡大虧損的人會將停損設得比較緊密，行情發動之前可能會不斷的多次停損，但只要持續跟著價格走勢就會在車上，這樣操作一次大獲利可以抵過多次的小虧損，抱得住獲利部位的訣竅是獲利以後將移動停利拉大。不

喜歡短線進進出出的人，會設定寬鬆的停損好容忍走勢的震盪洗刷。停損設定的大和小，與投資人的個性有關，也與多頭空頭、股性，或賺錢賠錢有關，停損是一種藝術，停損該怎麼設定是值得投資人去深思的問題，我覺得比較好的停損是設定在足以證明自己的行情方向判斷錯誤之處。

三、盤整區內的方向修正

盤整區內多空沒有分出勝負，若將停損、反手點設在盤整區裡面，則會在盤整區內把多單部位翻空，或者將空單部位翻多。可是多空還沒分出勝負不是嗎？這樣做會在盤整區裡面不斷的停損，過度交易。可以不用在盤整區裡面瞎攪和，將停損、反手的位置設定在盤整區之外，停損設定在足以證明自己的行情方向判斷錯誤之處。

來看一篇索羅斯放空日圓大賺300億新台幣的新聞：

索羅斯空日圓 三個月大賺300億

以下是2013年2月15日的自由時報財經報導

〔編譯許世函／綜合報導〕日圓近期大幅走軟，讓許多投資大戶與避險基金大舉獲利！「金融巨鱷」索羅斯近期透過押注日圓貶值，已經獲利將近10億美元（折合台幣約297.5億元），而其他把注鉅資看貶日圓的避險基金，平均報酬率也較其他類型避險基金來得高。

根據熟悉索羅斯公司投資部位的人士透露，索羅斯（George Soros）去年11月以來，已經透過作空日圓、獲利近10億美

元。除了索羅斯，其他透過作空日圓而獲取暴利的投資大戶，還包括：知名避險基金經理人安霍恩（David Einhorn）、避險基金公司 Third Point 的洛柏（Dan Loeb）及海曼資本（Hayman Capital）的貝斯（Kyle Bass）。

避險基金大有斬獲 報酬率近10%

過去三個月，作空日圓成為華爾街最熱門的交易，除此之外，不少避險基金均大有斬獲。其中，由高盛（Goldman Sachs）前合夥人安德魯（Andrew Law）執掌的 Caxton Associates 英美基金，在過去三個月裡平均回報率近10%，而投資公司 Tudor Investment Corporation 及摩爾資本公司（Moore Capital）的旗艦基金均上漲9%。相較之下，全球總體避險基金在過去三個月期間，平均僅達到3.5%的報酬率。

此外，美國銀行（Bank of America）的交易部門也從作空日圓中獲得大筆利潤。該行內部的一名主管、十國集團貨幣選擇權交易的負責人艾丁格，就曾談到自己是如何熱中於作空日圓的交易。

事實上，在去年年末，投資者在安倍晉三當選日本首相之前就已經開始了作空日圓的交易。當安倍晉三等官員對於貨幣貶值出現前所未有的開放措辭後，交易商增加了押注部位，此舉導致日圓進一步走軟。

日圓去年底放手大貶 幅度近20%

規模日益增加的日圓作空交易，本身就讓日圓貶值承受壓力。日圓在將近四個月的時間已經貶值了將近20%。安倍晉三當選日本首相與對避險基金作空交易的雙重刺激，對日圓走勢帶來重大的影響。

日圓在去年11月中旬的匯率，大約為一美元兌79日圓，截至

本週三為止，約1美元兌93日圓。

根據與索羅斯公司關係密切的人士透露，這是對安倍經濟政策的押注。此外，索羅斯的公司在日本股市的投資收穫也相當不錯，其購買的日本股票一直在上漲，根據與索羅斯公司關係密切的人士表示，日本的股票約占該公司內部投資組合的10%。

　　索羅斯三個月內作空日圓大賺300億元新台幣，被形容得賺錢好像很輕鬆似的。把日圓走勢圖拉長來看，A點是個創新高買點、B點是個突破平台買點，A點和B點買進作多的可能在E點長黑停損。而E點放空的投資人也可能在日後行情往上漲時停損。接著走勢橫向整理，跌破平台整理區連續幾日下跌，F點作空的人可能在C點長紅觸發停損，或者日後D點創新高時停損，而D點買在最高的人可能在走勢回跌的時候H點停損。趨勢走出來之前會有好幾次重複的誘多再誘空，要漲不漲要跌不跌騙得投資人團團轉，當行情走出來時，我們還會在車上嗎？只有堅持跟到底的人，

才會坐上行情發動的快速車。這並不是一件容易的事，尤其是受過傷之後會有心理障礙。除了心理層面還有一個實質層面，資金部位的大小、部位管理也很重要，用最小部位測試方向，才能保護自己在連續錯誤時得以保住元氣，並在賺錢後加碼，放大部位放大我們的獲利。

　　趨勢形成以後也要留意進場點，順勢交易也可能會被掃停損賠錢出場。例如上圖標示的1~7的破底之後強勁反彈。

　　對於修正，我有很深的體悟。我每天在網路部落格《選擇權搖錢樹》分享自己的操作；分享對於盤勢看法，看法有對有錯，我有好幾次寫了長篇大論分析文，列舉多項行情會上漲的理由，自己也買進多單部位，結果走勢大跌我該怎麼辦？堅持看多，然後寫分析文說下跌只是一場意外？不用和行情爭辯，趕快處理自己的多單部位而且越早出場越好，並且反手作空。**不問漲跌理由，只專注在自己部位是不是與市場同向。**

> **大師語錄**
>
> 「未來會發生什麼並不可怕，可怕的是發生了卻不知道該如何應對。」
>
> ——喬治・索羅斯（George Soros）

Part
3

實戰篇
財富倍增計畫

新手一學就會、老手滿載而歸。波段交易可以帶來財富。本部分提出幾個財富倍增的方法，簡單又有效。重複把簡單的事情做好，財富隨之而來。3.「主力成本線控盤」，讓你可以駕馭台股大部分的股票，5.「高賣低買買更多」則借用股票獲利上億的營業員投資心法，讓你了解每次的股價大跌都是財富倍增的時候。6.「無本加碼法」分享華爾街操盤人的操作密技，讓你加碼不用錢，漲越多股票買越多。7.「選擇權買方倍數獲利」是投資人的最愛，告訴你如何在短時間內用選擇權買方創造倍數獲利。8.「選擇權賣方創造現金流」提到如何用選擇權賣方賺取現金流的方法。文章淺顯易懂，沒有艱深的理論只有實戰獲利方程式，讓第一次投資股票、選擇權的投資者也能夠快速學會並且樂在其中。

1. 判斷趨勢

用「長期觀點」當投資策略主軸

這點，第一章也一再強調過，交易不要見樹不見林，太專注在短期的價格變化，會忽視長期的趨勢。交易常勝軍的債券天王葛洛斯分享他的投資祕密：用「長期觀點」當投資策略主軸。他建立一套評估未來事件的機率，將其分成長期與短期兩種。他認為用「長期觀點」可以克服短線的隨機走勢，並打敗人性中的貪與怕。

葛洛斯說：「我從牌桌上了解，當你看到勝利機會倒向自己時，一定要持有『長期觀點』，這樣一來，短暫壞運所造成的損失，將會因為長期趨勢有利於你而被攤平。即便出錯，只要對的次數加起來多於平均，你就可以打敗莊家。」

葛洛斯說：「把注意力關心未來三到五年，等於在心裡給自己打個暗號，告訴自己投資不是賭博，而是建立長期布局。這同時可以幫助你降低投資決定時所產生的貪婪與害怕。」

這裡葛洛斯所說的「長期觀點」就是「順勢交易」。

秉持著「長期觀點」進行交易，當長期對你有利，就算短期的虧損發生，長期還是會還你公道。

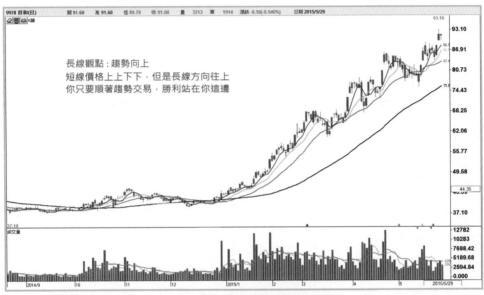

長線觀點：趨勢向上
短線價格上上下下，但是長線方向往上
你只要順著趨勢交易，勝利站在你這邊

▲ 百和（9938）：順著趨勢交易

順勢交易第一步：判斷趨勢，建立方向感

的確，交易首重趨勢，順著趨勢的方向交易能為我們帶來財富，交易第一項功課是判別我們交易的股票、商品處於何種趨勢之中。是向上的趨勢？向下的趨勢？還是盤整？先訂定大方向再訂細微的操作策略是必須的，所以交易第一課是「判斷趨勢」：建立交易的「方向感」。要建立「方向感」得先觀看長期的價格走勢，而不是細看每一根 K 線價量變化，或者關注局部 K 線的排列組合，或者技術指標。這點很重要，行情的判斷要始於宏觀。

　　如何判斷趨勢呢？簡單來說，所謂的趨勢，就是連小朋友都看得懂的，才叫做趨勢。RSI指標、動力指標（Mementum Concept）等多項指標發明者Welles Wilder，在第二本著作《亞當理論》裡敘述一個故事，有一位股票技術分析專家，因為堅信自己發明的指標而買入一支大幅下跌的股票，他根據的原因很簡單：這支股票嚴重超賣了。當他發現買入的股票仍然保持下跌的趨勢，他加碼買進，因為指標顯示價格已經不可能再跌了。然而，股價卻像斷了線的風箏一樣繼續下跌。這個專家失望了，一個人悶悶不樂坐在房間，不想跟任何人討論股市。他五歲的女兒看見爸爸愁眉苦臉，便走上前去問個究竟，專家看著天真的女兒，便跟他解釋一下指標超賣但股價下跌的情況。他的女兒聽不明白，只看到電腦上顯示的股價猶如流水般下跌，便指著股價圖說：「我不明白爸爸的話，但看起來這條線是在下跌啊。」

　　專家聽完，便再次向女兒解釋什麼是超賣。女兒越聽越不明白，又指著圖表說：「可是，圖表上的線是在下跌啊！」這次專家大怒，不耐煩的大吼：「你懂什麼呢？這叫超賣！」這次女兒覺得委屈竟然哭起來，叫嚷著說：「那裡！你看一下，圖上的線是在下跌啊，圖上的線是在下跌啊！」

　　這次專家感到茫然了，若有所思：「對啊，我五歲的女兒都看得出價格是下跌，我為什麼仍要堅持價格要上漲呢？」

　　是啊，小朋友都看得懂行進的方向叫做趨勢，但大人不見得看得懂。小孩的心思是單純的，只專注在價格行進的方向。有價差才有獲利空間，最好賺錢的區間就是有趨勢的時候。

　　要建立「長期觀點」，要對行情建立「方向感」，我們先給「上漲趨勢」、「下跌趨勢」做個定義。

「上漲趨勢」的特色和交易思維

1. 上漲幅度 > 下跌幅度
2. 走勢「上樓梯」
3. 均線多頭排列

1. 上漲幅度 > 下跌幅度

　　「上漲趨勢」可以確定的是上漲幅度>下跌幅度，但上漲天數未必一定比下跌天數多。因為上漲幅度>下跌幅度，所以作多賺錢比作空賺錢的空間大，操作戰略定在「作多」。不能否認多頭走勢中也會下跌，作空也有機會獲利，不可否認人都喜歡買在低點賣在高點，但是這樣的思維容易讓我們逆勢操作、猜頭猜底，或者行情看得懂卻不敢做。既然多頭趨勢上漲幅度>下跌幅度，為什麼不挑獲利空間大的方向來交易呢？所有的贏家都告訴我們一件事情：順著趨勢交易。交易第一課是「判斷趨勢」。

2. 走勢「上樓梯」

　　根據道氏理論的定義，多頭行情是一底比一底高，一頭比一頭高，走勢有如上樓梯，我將這種現象命名為「上樓梯」。你只要發現價格正在「上樓梯」，行情會一路往上爬，直到不再上樓梯為止。

● 多頭行情「上樓梯」示意圖

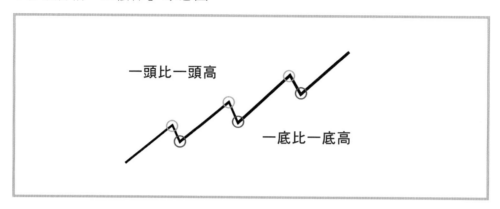

一頭比一頭高

一底比一底高

● 長榮航 2010/03/03 ~ 2010/12/29

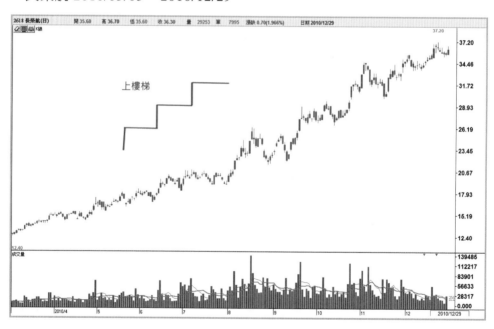

　　長榮航2010年走勢一路上樓梯，九個月時間價格從12.6元漲到37.2元。

3. 均線多頭排列

多頭的走勢有一個特徵，均線上揚且多頭排列。均線多頭排列且上揚代表趨勢向上，趨勢向上有助於行情上漲。何謂均線上揚？今日均線的位置比昨日均線位置高，昨日均線位置比前日均線位置高，均線一天天漸漸上揚稱為均線上揚，上揚的均線提供支撐。K線大部分時間在均線上方，短線上來看價格比較接近隨機走勢，往上往下都有可能，但是持有「長期觀點」來看，價格往上走的機率比較大。

● 均線上揚示意圖

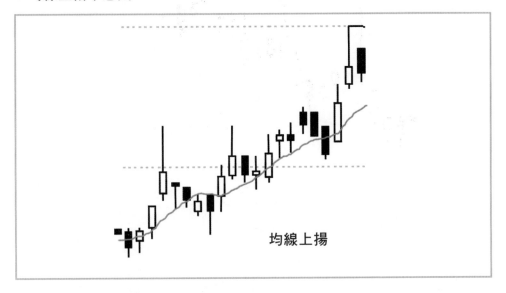

均線上揚

何謂均線多頭排列：均線多頭排列是指**多條均線均上揚，且短天期的均線在最上面，中天期的均線在中間，長天期的均線在下面**。下圖例子是三條均線的多頭排列，你也可以用四條、五條、六條均線來看多頭排列。而短、中、長三條均線的參數可以用5、10、20，也可以用10、20、60，

也可以用6、18、72。這裡陳述的是一個概念，均線的參數不是重點。

● 均線多頭排列示意圖

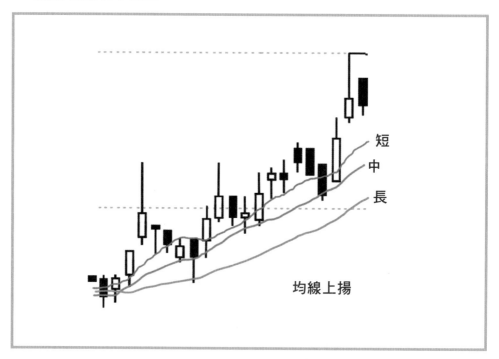

「下跌趨勢」的特色和交易思維

　　和多頭行情的特色顛倒，**空頭行情**的特色是：

1. 下跌幅度 > 上漲幅度

2. 走勢「下樓梯」

3. 均線空頭排列

1. 下跌幅度 > 上漲幅度

根據下跌幅度 > 上漲幅度，作空比較有利可圖，我們將作戰方針定義在作空。

2. 走勢「下樓梯」

根據道氏理論定義，空頭行情的特徵為一頭比一頭低、一底比一底低，走勢有如下樓梯，我取名為「下樓梯」。

● 空頭行情「下樓梯」示意圖

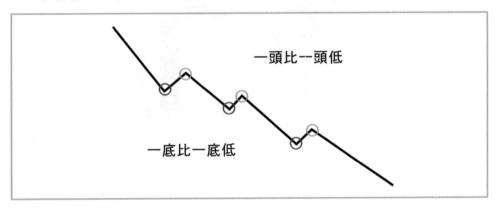

3. 均線空頭排列

空頭的走勢有一個特徵，均線下彎且空頭排列。均線空頭排列且下彎代表趨勢向下，趨勢向下有助於行情下跌。何謂均線下彎？今日均線的位置比昨日均線位置低，昨日均線位置比前日均線位置低，均線一天天漸漸下彎稱為均線下彎，下彎的均線造成壓力。K線大部分時間在均線下方，以短線來看，價格比較接近隨機走勢，往上往下都有可能，但是持有「長

期觀點」來看，價格往下走的機率比較大。所以持有長期觀點，順著趨勢操作很重要，可以提高勝率。

● 均線下彎示意圖

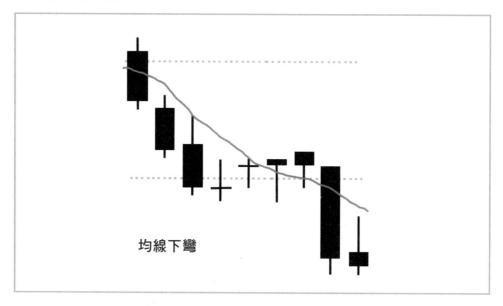

均線下彎

何謂均線空頭排列：多條均線同步下彎稱為空頭排列，此段區間K線大部分時間在所有均線之下，處在最下方，再來是短天期均線壓在K線之上，中天期的均線壓在短天期均線之上，長天期的均線在最上方壓著，就算暫時有反彈也會被上方的均線給打下去。同樣的空頭排列並沒有規定要用幾條均線，均線的參數也沒有規定用什麼參數。

● 均線空頭排列示意圖

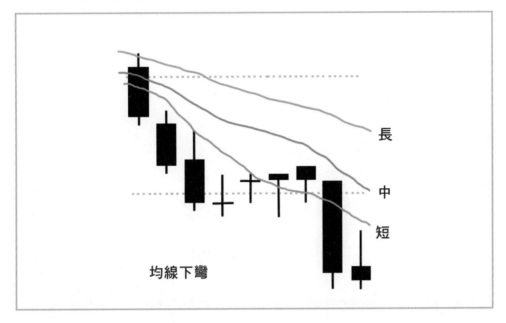

長

中

短

均線下彎

交易的第一堂課判斷趨勢，「方向感」的建立很重要，用兩個原則來快速判斷。

1. 上樓梯或下樓梯。

2. 多頭排列或空頭排列。

這裡用「兩條均線」和「上下樓梯」來判斷，K線週期是日K，均線的週期是10和40。

● 長榮航（2618） 2013/11/29~2015/02/06

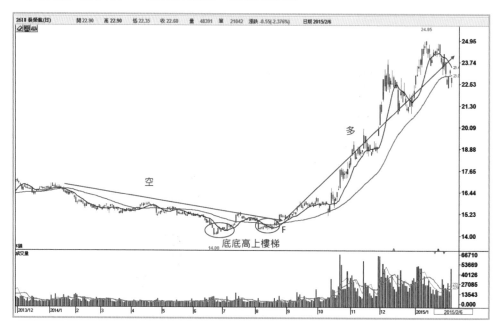

以長榮航為例，一開始走勢K線大部分時間在均線的下方，而且走勢呈現下樓梯（一頭比一頭低），這段走勢易跌難漲，建議空手或者作空。直到走勢開始改變慣性，從「下樓梯」（一頭比一頭低）改成「上樓梯」（一底比一底高），且K線和均線呈現「多頭排列」。從此空頭轉多頭一路往上，這裡的翻轉點我以F表示。

最好的學習方式是透過大量的練習，視覺化、圖形化，一眼辨識。這可以幫助投資人第一時間做出正確的判斷。投資之前先要具備判斷趨勢的能力，能夠判斷趨勢的方向就代表幸運女神站在你這邊，雖然短期走勢隨機，但是長期而言行情會往趨勢的方向前進。這就是葛洛斯所說的持有**「長期觀點」進行交易。當我們持有「長期觀點」進行交易，時間拉長來看，走勢會對我們有利。**

● 第一個練習標的：和碩（4938）

2013/11/29~2015/02/06

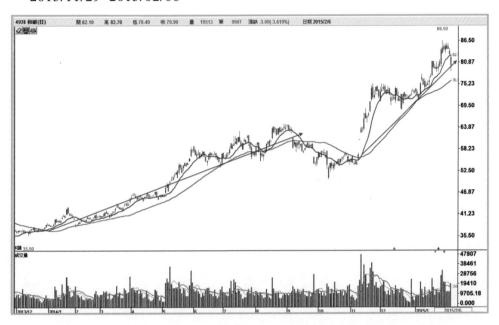

　　分別有兩段上漲，第一段上漲K線和兩條均線呈現多頭排列，且K線價格走勢呈現一底比一底高的「上樓梯」走勢。第二段上漲在2014/11/10重啟多頭走勢。趨勢的判斷是簡單的，可以一眼辨識。

NOTE

● 第二個練習標的：宏碁（2353）

2013/11/29~2015/02/06

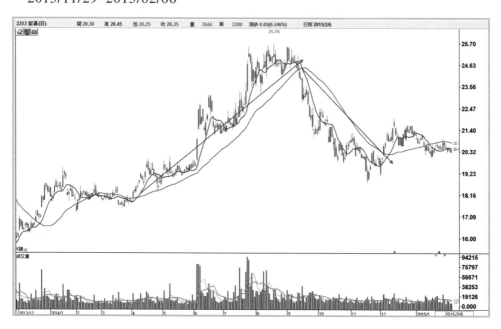

　　宏碁走勢圖很清楚的有兩個段落，一漲一跌。上漲段落呈現Ｋ線和均線的「多頭排列」，以及價格走勢一底比一底高的「上樓梯」走勢，下跌段落呈現Ｋ線、均線「空頭排列」，和Ｋ線走勢一頭比一頭低的「下樓梯」走勢。

NOTE

● 第三個練習標的：仁寶（2324）

2013/11/29~2015/02/06

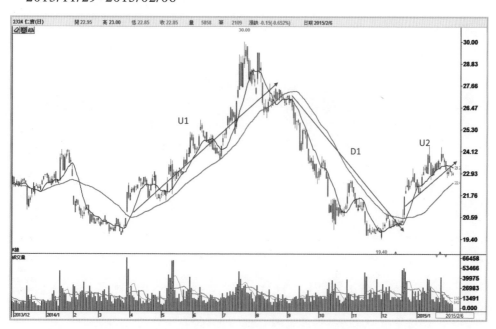

從「上樓梯」和「多頭排列」我們定義出上漲段 U1、U2。

從「下樓梯」和「空頭排列」我們定義出下跌段 D1。

NOTE

● 第四個練習標的：卜蜂（1215）

2013/11/29~2015/02/06

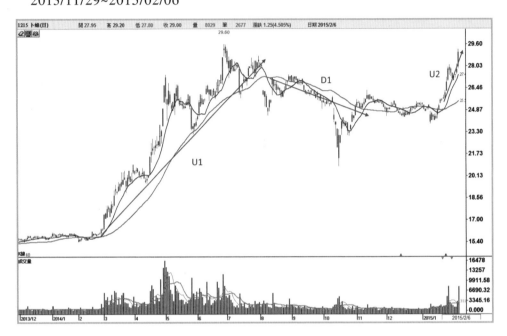

從「上樓梯」和「多頭排列」我們定義出上漲段 U1、U2。

從「下樓梯」和「空頭排列」我們定義出下跌段 D1。

NOTE

● 第五個練習標的：擎亞（8096）

2013/11/29~2015/02/06

從「上樓梯」和「多頭排列」我們定義出上漲段 U1、U2。

從「下樓梯」和「空頭排列」我們定義出下跌段 D1。

NOTE

● 第六個練習標的：百和（9938）

2013/11/29~2015/02/06

從「上樓梯」和「多頭排列」我們定義出上漲段 U1、U2、U3。

從「下樓梯」和「空頭排列」我們定義出下跌段 D1、D2。

NOTE

● 第七個練習標的：寶滬深（0061）

2013/11/29~2015/02/06

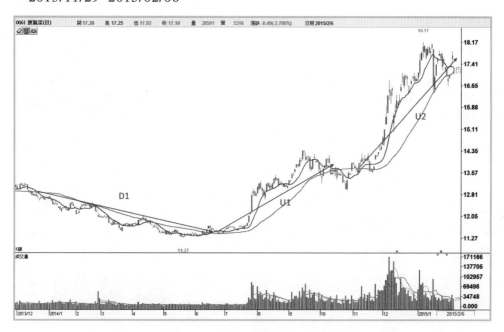

從「上樓梯」和「多頭排列」我們定義出上漲段 U1、U2。

從「下樓梯」和「空頭排列」我們定義出下跌段 D1。

NOTE

● 第八個練習標的：華航（2610）

2013/11/29~2015/02/06

從「上樓梯」和「多頭排列」我們定義出上漲段 U1。

NOTE

● 第九個練習標的：友達（2409）

2013/11/29~2015/02/06

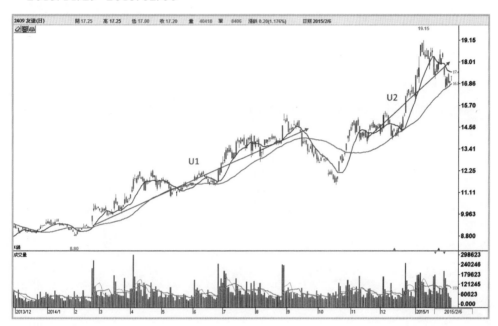

　　從「上樓梯」和「多頭排列」我們定義出上漲段U1和U2。

NOTE

快速練習

請比照前面的例子在圖上畫上箭頭方向，分出上漲段落和下跌段落。

● 聯電（2303）

2013/11/29~2015/02/06

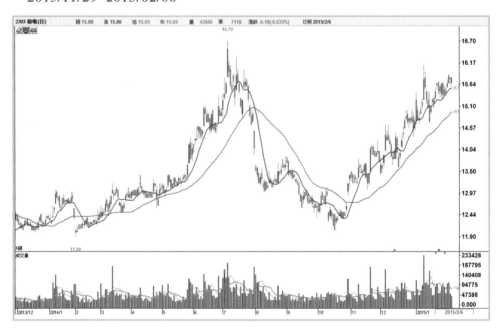

● 鴻海（2317）

2013/11/29~2015/02/06

●答案和更多例題，請上 http://goo.gl/JGz2Mf

2. 長線操作

操作有個訣竅，就是不要失去你的位子

如果你進在不錯的點，可以有耐心等行情走遠。若提早出場，恐怕再也找不到這麼好的進場點，任何人不要輕易失去位子，失去位子的代價是大的。傑西李佛摩說：「行情是坐著等出來的」，只有行情走遠才有大利潤。

投資人都太聰明了，以至於無法抱住部位。我所認識的朋友們，不知道是不是因為懂得太多，技術分析越強的人做得越短。台灣投資人喜歡短線交易，股票週轉率世界第一。把行情切成一小段一小段交易也不是不行，勝率要很高才行。不然對錯相抵就是白做工。再說，把行情切成一小段一小段來做，就落入短線交易，短線走勢是隨機、難以捉摸的，比較沒辦法發揮順勢交易的優勢。況且一般投資人賺錢出場不是不願意再買回，就是開始想要反向操作，以至於就算買在起點，也賺不到財富。

● 台積電（2330）

2014/08/27~2015/02/12

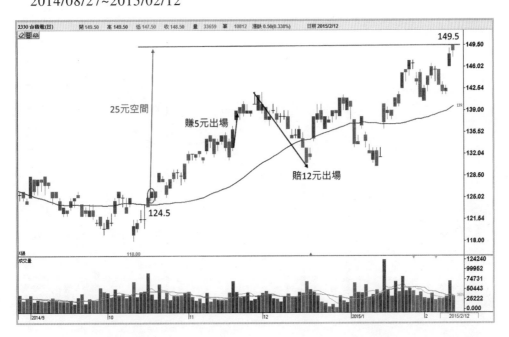

　　如上案例台積電從2014/10/20~2015/02/12這段期間從124.5元漲到149.5元有25元的漲幅，這段區間不管在何處進場，到2015/02/12這天應該都是賺錢，但若是捨棄長線交易投入短線交易，則短線上漲、下跌都有可能，而且下跌的幅度可能比你多單出場的獲利幅度還大。例如圖示上漲賺5元，接下來的走勢回檔有12元空間，賺5賠12，就算順勢交易作多還是賠錢。這滿容易發生的，**只要不會停損且獲利急著入袋，就會發生賠錢大於賺錢的情況**，就算順著趨勢交易也可能大賠小賺。交易行為才是影響帳戶盈虧的關鍵，交易在買進之後，不在買進之前。

● 儒鴻（1476）

2012/07/26~2013/03/18

　　我們再看另一個例子，儒鴻從2012/07/26到2013/03/18從低點74.5元漲到136元，上漲61.5元漲幅82.5%。就算買在低點74.5元，賺一點就獲利出場。那麼就算順勢交易作多也沒有用，發揮不了趨勢的威力。重新進場之後，又會面臨短線漲跌都可能的情況，再加上賺一點就跑的習慣，那麼賺賠是沒辦法拉開距離的。順勢交易會讓投資人賺錢的原因，不僅是做對方向，更重要的是賺取大價差，而大的價差來自於長線交易而非短線交易。

順勢交易得加上長線操作，才能真正發揮到順勢交易的優點。

3. 一線定江山：主力成本線

順勢交易第一步：判斷趨勢，順勢交易第二步：做長線。順勢交易且長線操作才會發生威力，這裡分享一招簡單且威力強大的交易方法：「一線定江山」，用一條均線來當作操作依據。

交易方法如圖，我們可用一條均線來判斷多空，均線上揚，作多；均線下彎，作空。

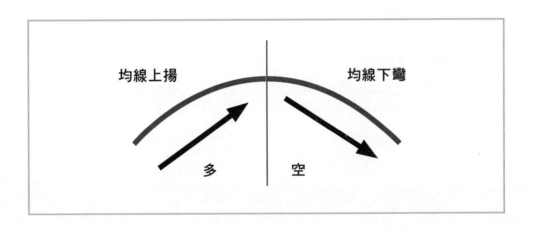

- 均線上揚段：K線站上均線作多，K線跌破均線賣出，重複做直到均線下彎為止。

● 均線下彎段：K線跌破均線作空，K線站上均線回補，重複做直到均線翻揚為止。

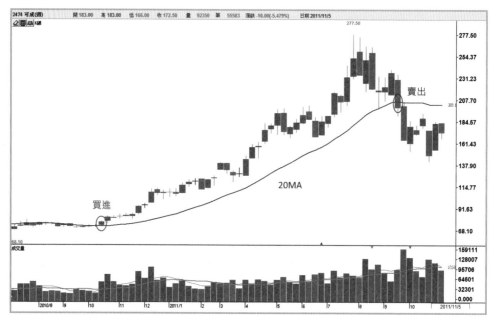

▲ 圖一　可成（2474）週K 2010/07/09~2011/11/05

　可成從2010/07/09~2011/11/05的走勢圖，選擇週K。站上均線買進，跌破均線賣出，可以抱波段長線操作。這是一個極簡單又有效的交易法則。

　另一個例子，可成從2013年9月份站上均線價格為150元，漲到2014年8月跌破均線賣出，價格260元，上漲110元。

▲ 圖二　可成（2474）週K　2013/06/28~2014/12/06

這條神奇均線是什麼呢？

我們這條神奇均線的參數應該怎麼選用？均線代表股價的行進方向，不同的市場有著不同適用的均線，台股是個淺碟市場，週轉率全世界最高，大家習慣做短線，適合台股的均線參數是什麼呢？以40天移動平均線來看，大部分的股票都滿準的。

均線代表一段時間大家的平均成本，20天移動平均線代表過去20天大家的平均成本、40天移動平均線代表過去40天大家的平均成本、60天移動平均線代表過去60天大家的平均成本，過去一段時間大家的平均成本，也包含了主力的平均成本。那麼，股價在底部盤整主力進貨的成本要

怎麼算？可以用均線代表嗎？當然可以！台股主力吃貨平均需要兩個月時間，至於兩個月的時間是幾天？40天？41天？42天？還是43天？其實差異不大。時間拉長來看40MA、41MA、42MA、43MA就像連體嬰一樣黏在一起，價格差距極小，對長線交易幾乎沒有影響，還記得我們重點是放在順勢交易與長線操作吧！些微的價差根本不必在意。我們操作的時候，只需取其一來用即可，我取40，40MA代表主力成本線。

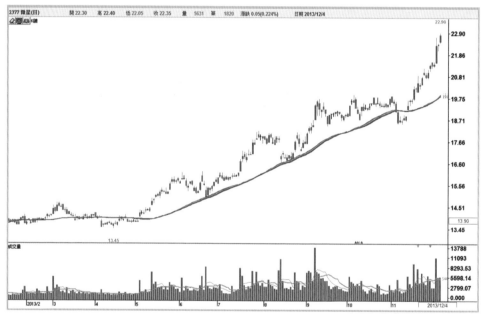

▲ 微星的四條均線，分別是40MA、41MA、42MA、43MA，就像連體嬰一樣緊緊靠在一起，只需取其一條代表即可。

主力成本線的操作法

任何股票打底完成，主力吃貨吃飽了將價格上拉，必定會將價格拉離自己的買進成本，價差拉得越開，主力賺得越多。當主力吃貨吃夠了就會開始拉抬，股價上漲呈現 K 線在上，均線在下的線圖。

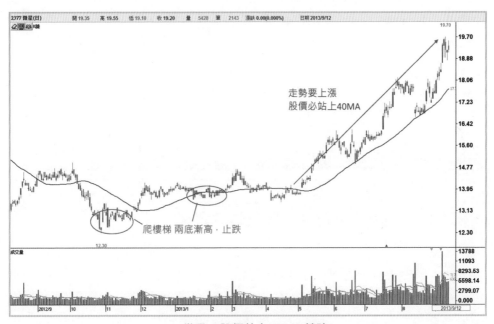

走勢要上漲
股價必站上40MA

爬樓梯 兩底漸高，止跌

▲ 微星：股價站上 40MA 轉強

是的，我們可以用這簡易方法來操作台股。

例如微星（2377） 2014/03/12~2015/02/13

均線上揚：站上均線買進，跌破均線賣出。

　　從上圖的最左邊開始行情已經符合作多條件，2014/03/12收盤價 29.2 元買進，停損設定在均線的位置27.65 元。在賺錢之前，我們是用可能的虧損換取獲利的機會。進場以後價格一路震盪往上，過程中獲利20%我們忍住不出場，價格漲到40元時我們忍住不逢高獲利出場，我們不急著吃棉花糖，將出場點設定在均線的位置，不選擇「高點」出場，願意將停利點設定在「更低」的位置好忍受價格的回檔，多頭走勢價格總是上漲、拉回再創新高，我們要給價格回檔的空間，放棄當下賣在「最高點」的機會，過一段時間回頭來看你會發現價格更高了，好家在沒有「賤賣」，這就是趨勢。用移動停利不會賣在最高點，但是可以幫助我們賺取大部分的

獲利。最後在2014/07/29 跌破主力成本線 45.98元出場。之後主力成本線
翻轉向下趨勢改變，不用再進場操作。

　　以下再舉一個例子。

操作的變通

● 金像電（2368）
　2014/03/12~2015/02/13

　　用主力線操盤，我們可以從8元多進場一路做到20元，但是執行的時
候有一小區價格橫向整理區K線對著均線上上下下，根據操作原則站上均
線作多跌破均線出場，是否也是要一直進進出出？可以，堅持同一個方法

到最後可能會賺錢沒錯，不過會在不適用的時候耗損資金，盤整區均線難用，不用均線當作進出場依據，當你發現進入盤整區，這個時候我們可以把停損位置改在盤整區下緣再低一些，不用在盤整區裡面進進出出。等到行情漲過盤整區再恢復用均線控盤。進出場的設定是靈活的，在對的時候用對的工具。不會有人堅持把車子開進海裡吧，該搭船的時候就搭船吧。

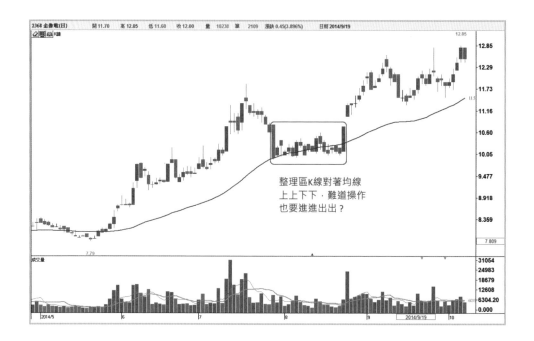

獨大提醒 ·······································

● 對投資要熱情、對損益要冷血、對目標要固執、對方法要變通。

均線控盤賺錢的道理

用均線控盤會賺錢的原因是因為符合「大賺小賠」的贏家操盤模式。

1. 進場設停損

請養成進場同時設定停損點的交易習慣，這樣可以保護投資人，確保出場的時候是「小賠」的，這點很重要。「天使卡惡魔卡」裡面的凹單不停損的壞習慣，多半是沒有養成進場設停損的習慣。沒有事先決定停損的位置，很容易被人性所主導，賠錢的時候會期盼行情往部位有利的方向前進而凹單，賺錢的時候害怕行情往部位不利的方向前進而急著想要獲利入袋，人性啊人性，讓人進入「賠大賺小」的輸家模式。而以均線當作出場條件，就是進場同時設「停損」。

2. 移動停利

該怎麼停利？賺20%出場如何？如果行情漲幅超過20%呢？太早出場不就可惜，如果行情漲不到20%呢？那設定獲利10%出場好了，如果10%不來呢？那設定5%出場好了，為了能夠讓獲利達陣於是停利越設越短。又進入「小賺」的交易行為模式。到底該獲利多少出場？賺到滿意的金額出場？還是設定目標價出場？將停利設定在價格行進方向的前面都有一個問題，就是限制了獲利的可能性，行情繼續往前走而我們卻下車了。我用過最棒的停利方式是移動停利，停利設在價格行進方向的後面，只做獲利的保護，不去限制價格發展的可能性。而用均線當作出場依據，隨著均線一天天的上揚，就是在進行「移動停利」。因為執行「移動停利」，所以結果是「大賺」。

　　「進場設停損」和「移動停利」，以上兩個步驟幫助投資人做到「大賺」和「小賠」。而用均線控盤是最簡單的贏家操作方法。

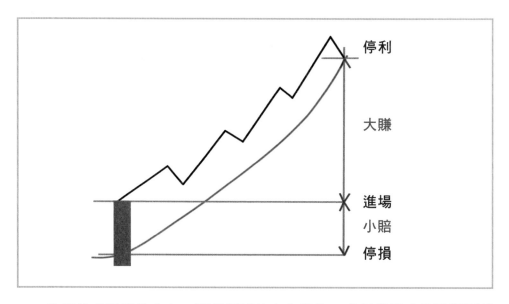

　　均線代表行情的方向，順著行情的方向操作，盡量做長才能發揮順勢操作的優勢，股票利用主力成本線控盤，將它當作移動停利的依據，可以幫助投資人賺大賠小，這是簡單有效的「**贏家操盤法**」。

贏家祕訣

從「虧損換獲利」到「獲利換獲利」

投資的順序是從用「虧損換獲利」到用「獲利換獲利」，這是一個專職操盤者的肺腑之言。

賺錢之前，用「虧損換獲利」

投資一開始是用停損來買機會。投資不要老是想賺錢不接受虧損，能夠做到停損像呼吸一樣自然的，才能做到賺錢像呼吸一樣自然。每次投資都可能對也可能錯，我們是用有限的虧損來換取一個可能獲利的機會。把停損當作投資必要的成本，就好像開店做生意，客人還沒上門就有租金成本、水電成本、人力成本、材料成本、廣告成本⋯⋯。

賺錢之後，用「獲利換獲利」

當賺錢以後，是用獲利來換取更大的獲利，用市場上賺來的錢來買機會。小賺和大賺只能二選一，選擇了小賺獲利出場就沒有大賺的可能。放棄賣在高點，做好帳面獲利減少的心理準備，等到價格回檔到我們的停利點我們才出場。當想要賣在高點，則幾乎都太早獲利出場。當願意接受獲利回吐才能抱得住部位。而隨著價格的前進，我們跟著將停利向前推進，亦步亦趨。

4. 不要持有倒楣部位

股價在主力成本線之下，建議不持有股票。

很多年前我妹打電話給我問股票，

妹：「哥，幫我看一檔股票。」

我直接回答說：「賣掉。」

他說：「我都還沒說哪一檔股票你就叫我賣掉。」

我說：「你會打電話來問就是股票賠錢不知道該怎麼處理，賺錢你不會打來問。當你覺得不對勁的時候，你應該打電話給你的營業員不是我，告訴他你要把股票賣掉。」

從此之後我妹不再問我股票該不該賣。

當感覺不對勁的時候，就把股票賣掉，索羅斯也是這樣，當他感覺不對勁、背痛的時候就是他出錯的時候，這時賣出持有部位幫他度過好幾次危機。感覺不對勁的時候是怎麼個不對勁法？每個人的感覺不一樣，緊張兮兮的人老是感覺不對勁，反應遲鈍的人一直沒感覺。感覺是抽象的，我們得用比較科學、明確的方法來定義股票賣出條件，而主力成本線就是一

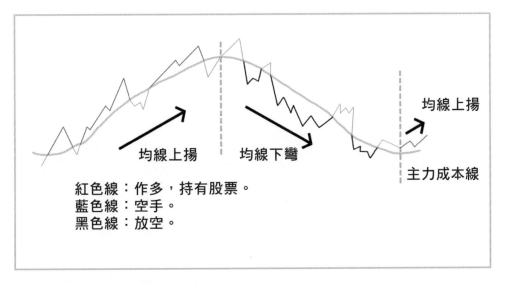

均線上揚

均線上揚　　均線下彎

均線上揚

主力成本線

紅色線：作多，持有股票。
藍色線：空手。
黑色線：放空。

個簡單好用的股票出場條件。

主力成本線的操作原則：

- K 線在主力成本線之下且均線上揚：空手。
- K 線在主力成本線之下且均線下彎：空手或放空。
- K 線在主力成本線之上且均線下彎：空手。

以下，我們來看幾個例子：

獨大提醒

● 不持有倒楣部位是獲利的開始。

4. 不要持有倒楣部位

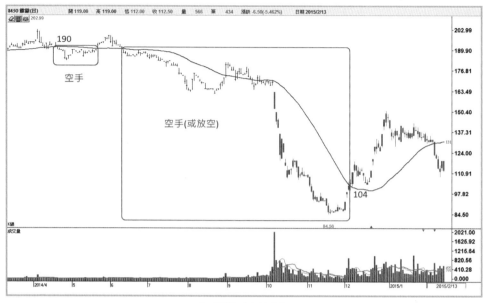

▲ 霹靂（8450）

　　例如霹靂（8450）布袋戲，素還真年賺5億，經營17年終於公開上
櫃，2013年上櫃以後股價高達200元，2014年7月之後股價像是溜滑梯般
下跌，素還真被打趴在地上，股價最慘時跌到84元。如果遵守K線在主
力成本線之下就空手（或放空）的原則，則可以避開股價從190元跌到84
元的慘案發生。

🕊️ 獨大提醒 ●

● 股票下跌必有因，先逃命再問原因。

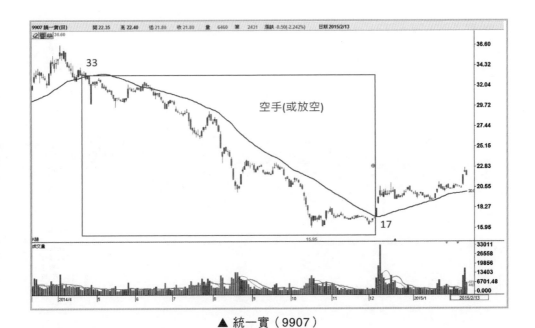

▲ 統一實（9907）

　　例如統一實（9907），在2014年4月股價跌破主力成本線之後，不持有股票，可以避免一大段的空頭走勢，33元到17元的跌幅。

> 獨大提醒 •
>
> ● 投資還有空手這個選項，在資產貶值時持有現金是最好的決策。

4. 不要持有倒楣部位

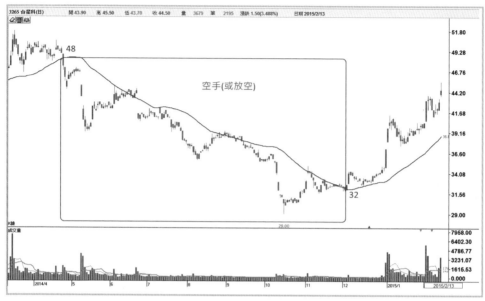

▲ 台星科（3265）

　　例如台星科（3265），我們可以看到2014年4月底價格跌破主力成本線，就不持有該股票，則可以避開48元跌落至32元的33.3%跌幅。

🕊 獨大提醒 ••••••••••••••••••••••••••••••••••

● 越早停損，福報越大，即使錯過第一停損點也要毫不猶豫出場，害怕停損在最低點是造成巨大虧損的原因。不怕停損在最低點的人能夠早早停損出場。

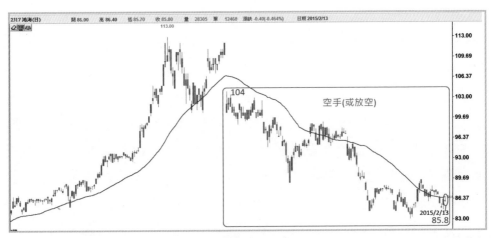

▲ 鴻海（2317）

例如鴻海（2317），在2014年8月跌破主力成本線以後，就不再持有股票，截至2015年2月13日為止（2015年封關日），可以避開104元到83元20%的跌幅，不用滿心不安的抱股過年。

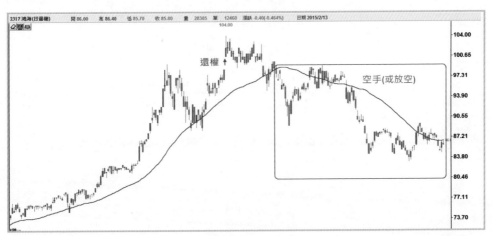

▲ 鴻海（2317）

跌破主力成本線這天，剛好是除權日，如果以鴻海還權走勢圖來看，一樣要在股價跌破主力成本線的時候出脫手上股票，免得手上資產貶值。

　　我們再來看看太子建設（2511），受房市政策衝擊，2014年新北市建物買賣移轉棟數僅60416棟，比起2010年的108242棟移轉棟數打了六折，交易冷清創下近23年來新低量，台灣整體房地產成交量萎縮，雙北房價過高加上政策想要抑制房價，聰明資金已轉往中南部和海外投資房地產，投機買盤的縮手讓房地產最大贏家建商也受到波及，預售屋銷售明顯比往年冷清。房價還沒下跌，營建股已率先反應走跌，2014年一整年大部分時候營建股的股價都在主力成本線之下，且主力成本線持續下探，空頭趨勢成形，手上有營建股的投資者，著實不用幫建商護盤。

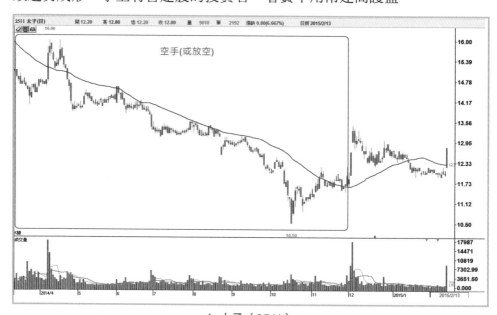

▲ 太子（2511）

再來看看製造面板的彩晶（6116）。

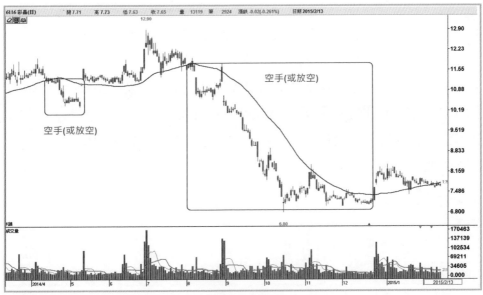

▲ 彩晶（6116）

在利空消息出現之前，已有聰明資金提前撤資，當股價跌破主力成本線，我們就追隨聰明資金將手上持股也賣掉吧，等到股價站上主力成本線，均線翻揚空襲警報解除再買回不遲。這一避可以避開接近50%的跌幅。

> 🐦 獨大提醒
>
> ● 進場之前先設定停損點，可以保有空手的客觀；進場以後才決定停損點，不是會讓思緒跟著K線走勢忽多忽空，就是被部位綁架，多空判斷落入不必要的固執。

另外，我們再來看看宏碁（2353）。

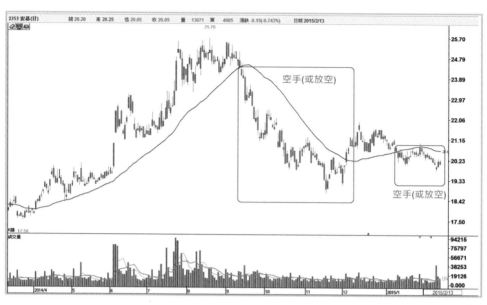

宏碁 2014/03/12~2015/02/13 走勢圖，價格在主力成本線之上可以持有股票，只要價格跌破主力成本線就將股票賣掉，可以很清楚的判斷何時可以持有股票，何時不要持有股票。

🖐獨大提醒 ●

● 簡單的方法重複做，就會賺錢。多做有意義的交易，不做沒有意義的交易。

最後我們看看智原（3035），以下是智原2014/03/12~2015/02/13走勢圖。

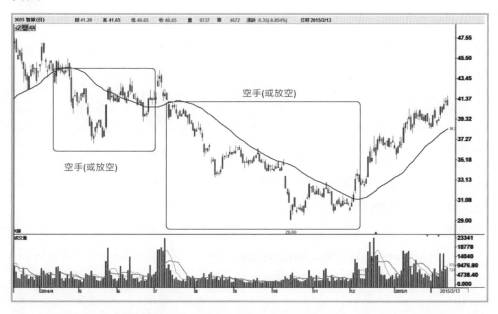

用主力成本線來判斷，就可以很清楚知道何時不宜持有該股票，建議空手。只要照著計畫做，就可以避開44元跌到29元的損失。也許你會說，都不賣價格還不是會漲回40元，可是我們永遠不知道價格會跌多深，只要有疑慮就應該將股票出清。後面的章節將會分享聰明的股票操盤術，讓你不用拿出本金，股票越滾越多張。

　　用這個方法檢視一下自己的股票是在主力成本線之上，還是在主力成本線之下吧！汰弱留強，留下會讓自己財富增長的股票，不要持有讓自己財富縮水的股票。

日圓貶值，美元升值，該換日圓、美元，還是都不換？

一個是不斷貶值的日圓，一個是越來越貴的美元，讀完此章節以後你會選擇將新台幣換昂貴的美元，還是趁便宜多換一些日圓，還是什麼都不做？

我會持有強勢貨幣，換日圓不只沒有撿到便宜，更是讓財富縮水的更快而已。「不要持有倒楣的部位」。**而新台幣會隨著日圓和韓元的貶值而競貶，所以什麼都不做，持有新台幣也是資產正在縮減中。汰弱留強的概念，持有強勢貨幣是最好的選擇。**

▲ 走強的美元

▲ 走跌的日圓

2014年11月20日 的新聞

台灣大媽搶日圓 踢到鐵板　　　　　　《中國時報》

　　日圓匯價直直落，對新台幣交叉匯率創12年來最低價，國人先前掀起一波搶日圓熱潮，沒想到竟現買現套！台灣大媽搶日圓踢到鐵板，因日圓續挫，對新台幣交叉匯率貶至0.263元，等於1塊錢新台幣可換3.8日圓，創逾12年新高價。

　　對比三年前，日圓對新台幣已重貶近35％，赴日旅遊購物划算得不得了。

　　台日韓競貶加劇，不讓日韓元專美於前，新台幣匯率昨日開高走低，終場重貶1.01角，以30.876元對1美元作收，雖然僅創逾四年新低價，但因日圓貶得更凶，看不到車尾燈，造就交叉匯率刷新12年紀錄。

「愈來愈便宜，不知道還要不要加碼？」匯銀主管表示，日圓跌跌不休，先前瘋狂搶購日圓的台灣大媽現買現套，日圓兌換潮也有逐漸降溫現象；當然也有例外，有些哈日族「一直買！一直買！一直買！」，仍在加碼中。

面對日圓大幅貶值，匯銀主管直言，如果未來二、三個月有赴日旅遊需求，買適量的日圓現鈔夠用就好；有閒錢的話，反而應該買些美元囤著，因在亞幣競貶浪潮下，美元獨強，買美元後再換日圓還更划算。

交易室主管表示，日圓貶勢深不見底，讓連動日圓走勢的韓元及新台幣壓力不小，新台幣海外無本金交割遠期外匯（NDF）報價，昨日已轉為預期貶值的溢價，若國際美元續強，預估很快就會往31元大關邁進。

交易室主管表示，台日幣皆貶下，日圓只要較台幣多貶個5％，新台幣對日圓將進入「4字頭」，也就是1塊錢台幣可換4日圓，搶購日圓潮將再度出籠，但因央行跟貶轉趨積極，新台幣追貶日圓速度可能加快。

不要持有倒楣部位

因為教學關係我有機會接觸到很多投資人，看見各式各樣的交易問題，滿多投資人捨不得停損虧損的部位，總希望最後賺錢出場。有的投資人會以反向部位鎖住虧損，然後希望最後正反兩個部位都是賺錢出場。但是有沒有可能新進場的避險單也賠錢，舊的部位、新的部位都賠錢，這會

把投資人惹得很毛，心理狀態不佳是不會完成好的交易的。我都建議投資人把賠錢的部位砍了吧，這樣比較好。當你手上有虧損部位，你想的是如何將虧損降低，於是你的交易結果就是小賠、大賠或不賠，這是你想要的。但是一旦你將虧損部位停損出場，神奇的事情發生了，你的操作沒有羈絆，你不再被部位綁架，天空烏雲一掃而去，陽光灑在你的臉上，空手的你想的是如何賺錢，你想的是進攻而非防守。如果你有能力避險鎖住虧損，你就有能力抓住行情賺錢。只要把那該死的虧錢部位砍倉，你就開始專注在賺錢。不要持有倒楣部位，去掉霉運，會讓投資人判若兩人，開始賺錢。

大師語錄

「我絕不會冒險把大家的金錢投資在我完全不了解的市場。」

——彼得·林奇（Peter Lynch）

5. 高賣低買買更多

經過上個章節的介紹，使用主力成本線可以很清楚的知道如何判斷手上的股票是會讓你財富增加或是財富縮水。現在介紹一個讓人更興奮的股票倍增投資法，讓你的股票有機會從 10 張變 20 張，20 張成長到 40 張，方法執行的時間越久股票的張數越多，最棒的是，股票增加不用再從你口袋掏出半毛錢，你只需要學會接下來要分享的股票財商，然後用時間來滾存你的複利。我希望盡我一些微薄的力量將我所知的好方法分享給人，可以幫助更多人在投資市場上成功，我相信，只要忠實且持續的實踐這財富倍增計畫，財富倍增是遲早的事。

賺到上億的故事啟發

這個方法是我在徐華康先生的著作《交易與馬的屁股》裡面的一篇文章〈賺到上億元的真實故事〉得到的啟發，感謝徐華康先生分享這麼棒的投資觀念，今日我接棒將這投資觀念進一步闡述，並且分享我的做法。這個核心投資觀念就是將**股票數量極大化**。

這是徐華康先生的同事李大哥的故事，他是超級營業員，靠此觀念賺到上億。

以下擷取「賺到上億元的真實故事」的部分內容：

> 我做股票的目的是將股票極大化，如果我幫你做股票，你給我50
> 張宏碁，要我幫你操作一年，一年後我不保證會賺錢，但我一定
> 會還你超過50張的宏碁，也許是60張，也許是80張，反正我保
> 證一定會還你更多的股票，這是我的操作方法。我做股票的目標，
> 並非一定要低買高賣，而是股票要有很多很多，若行情漲的時候，
> 你自然就會賺錢。

這個故事給我很大的啟發，李大哥的方法是使用四檔股票換來換去，我的方法比較簡單，一檔股票就可以操作。不管是用多檔股票汰弱留強（只作多），還是用單一股票來回操作（持有、空手或放空），都是為了同一個目的：**想辦法把手中的持股數量變大**。我一直在想，如果我早點想通股票可以這樣操作，早點進行財富倍增計畫，那麼我就可以使用更多的時間來複利我的股票核心資產，而不是老實的 buy and hold。

我將單一股票來回操作，讓股票數量增大的方法取名為「財富倍增計畫：高賣低買買更多」

「財富倍增計畫：高賣低買買更多」初階版

「財富倍增計畫：高賣低買買更多」初階版的操作是這樣的，**當股價跌破主力成本線，股價有下跌疑慮，不持有股票；當股價站回主力成本線且後勢看漲，則將股票買回。**

其操作原則為：

- K線在主力成本線之上且均線上揚：持有股票。
- K線在主力成本線之下且均線上揚：空手。
- K線在主力成本線之下且均線下彎：空手。
- K線在主力成本線之上且均線下彎：空手。

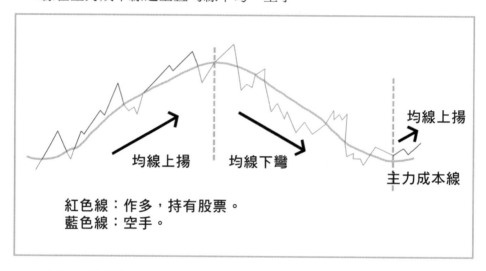

上個章節所舉的例子我們來算一下，霹靂（8450）在2014年跌破主力成本線當時股價190元，持有股票10張，接下來半年時間股價都在主力成本線之下，這段時間不持有股票，直到股票站回主力成本線且後勢看漲，110元買回。

高賣低買的做法

- 高檔賣股，得現金 190000*10 = 1,900,000。
- 低價買回，得股票 1,900,000 / 110,000 = 17.27張。

　　股票張數變多了，從10張成長到17.27張，數量成長72.7%，**對於想要長期持有的股票，真正的資產是持有的數量，而不是價格。**

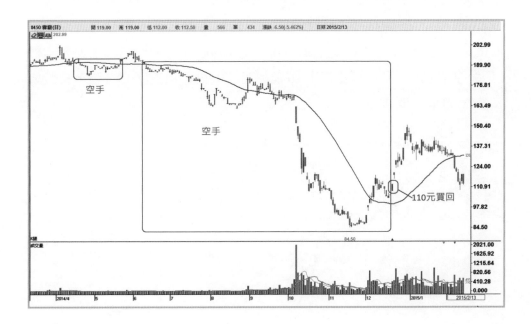

獨大提醒

● 股災是財富重分配的最佳時機，浩劫過後變得更富有或者更窮，端看你在大跌時做了什麼。

高賣低買買更多

將「財富倍增計畫：高賣低買買更多」初階版的操作應用在例如統一實（9907），在2014年4月股價跌破主力成本線之後，不持有股票，出場價33元，避開一大段的空頭走勢，直到股價強勢上漲站上主力成本線以17元買回統一實，高檔賣出10張持股，低檔可以買回19.4張，持股成長94%相當可觀。

- 高檔賣股，得現金 33,000*10 =330,000
- 低價買回，得股票 330,000 /17,000=19.4張

如果你是在36元買進股票買在高點，投資賠錢是令人痛苦的，不想實現虧損讓人不想出場，猶豫不決期待損失減少的心會讓損失擴大，若你能夠確實停損，例如在跌破主力成本線33元果斷停損，半年的股價下跌走勢不但沒有讓你因此受傷，低檔買回還讓手中持股增加快一倍，只要股

價上漲財富就會倍增，因為你在底部持有大量股票！股價轉弱，現在出場好讓以後可以買進更多股票，如果你想通了，停損就不再痛苦，反而要帶著喜悅和期待，這是多麼棒的一件事。這裡要提醒投資人，先停損再低價買回是正確的投資觀念，而不停損且加碼攤平是錯誤的行為，不停損等股價漲回也是錯誤的投資行為，雖然後來股價上漲讓這三種方式都會賺錢，但不是賺錢就是正確的交易方式。

「財富倍增計畫：高賣低買買更多」進階版

如果股票行情走空的那一段我們不只空手還放空股票，情況會如何呢。「財富倍增計畫：**高賣低買買更多**」進階版操作原則為，

- K線在主力成本線之上且均線上揚：持有股票。
- K線在主力成本線之下且均線上揚：空手。
- K線在主力成本線之下且均線下彎：放空。
- K線在主力成本線之上且均線下彎：空手。

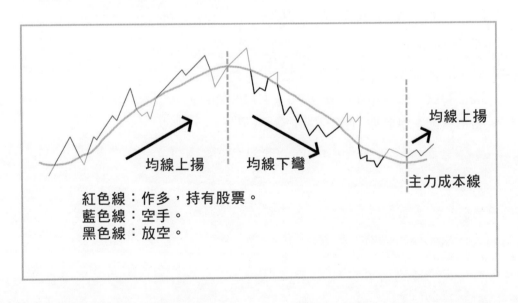

紅色線：作多，持有股票。
藍色線：空手。
黑色線：放空。

- 高檔賣股，得現金 33,000*10 =330,000
- 放空股票，獲利 （33,000-17,000）* 10 = 160,000
- 累積資金 = 高檔賣股本金 + 放空獲利

    = 330,000+ 160,000

    = 490,000
- 低價買回，得股票 490,000 /17,000=28 張

　　最後股票數量從原本的10張大幅成長到28張。半年股票數量就翻了快三倍，這是多麼可怕的。當股價翻揚，你的財富也是跟著倍數成長。賺錢來自於「當股價上漲，你剛好持有大量股票。」

　　將「財富倍增計畫：高賣低買買更多」初階版的操作應用在台灣工業第一把交椅郭台銘的鴻海（2317），用這方式滾存股票我只能說成效很可觀。在2014年8月27日除息前一天以收盤價112元賣出股票不參與除息，在2015年02月26日以87元買回鴻海。高檔賣出10張低價可以買回將近13張，持股成長28.7%，比當年發的1.8元現金股利和1.2元股票股利還要多很多。

- 高檔賣股，得現金 112,000*10 = 1,120,000
- 低價買回，得股票 1,120,000 / 87,000=12.87張

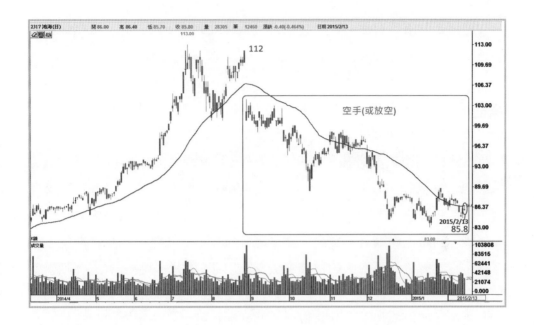

「財富倍增計畫：高賣低買買更多」進階版操作

若我們不只是空手而且積極操作放空股票呢？如前面介紹的鴻海，2014年8月27日除息前一天，以收盤價112元賣出股票不參與除息，股價站不上主力成本線放空股票空在102元，最後以87元買回，則經過高賣低買加放空的操作，原本10張的股票最後可以變成 14.6張股票，持股成長46%。

- 高檔賣股，得現金 112,000*10 = 1,120,000
- 放空股票，獲利 （102,000-87,000）* 10 = 150,000
- 累積資金 = 高檔賣股本金 + 放空獲利
  = 1,120,000 + 150,000
  = 1,270,000
- 低價買回，得股票 1,270,000 / 87,000 = 14.6張

股價起起落落有漲有跌，想通了，上漲高興，下跌開心，我相信你已迫不及待想要執行股票倍增計畫。

搭配巴菲特投資法，滾雪球這樣最快

以上的股票倍增計畫一樣可以用在巴菲特門派的價值投資上，這需要思想上的溝通，是兩大門派文化上的衝擊。我主要操作的商品是選擇權、期貨和股票，主要是以賺取價差為主。尤其是期貨和選擇權的高槓桿高報酬，同時也伴隨著高風險。錢拿離賭桌才是真正賺的，我將期貨、選擇權、股票價差交易賺來的快錢拿去存在巴菲特的概念股上，這些股票稱為核心資產，當作存豬公買了就不動，靠這些核心資產的股息創造被動收入。我是一位投機者，同時我也是巴菲特的信仰者。我信奉巴菲特的滾雪球複利投資術。

巴菲特說：「**如果你沒有決心持有一檔股票七年，請一天都不要持有。**」巴菲特的滾雪球投資術有兩個重點：一是找到價值被低估的好公司；二是滾雪球的跑道要夠長，就是買進之後長抱不賣，每年不斷用股息複利投資，雪球就會愈滾愈大。高殖利率股就是應該長期持有，不管股價漲跌都不賣股，用股息再投入滾複利。這位李大哥的故事給我很大的衝擊，我擅長低買高賣，我也是巴菲特投資法的信仰者，但就是沒想過要把這兩件事結合起來。

　　我為什麼不在股價下跌的時候賣出持股，再用更低的價格買回，不就可以買更多張股票嗎？這一定比用現金股息複利還要更快。股息複利投資台股一般來說介於4%~6%的殖利率，用5%來複利投資，要到第15年資產才會翻一倍。複利投資表如下，就算每年給予高達8%的股息複利投資，資產翻倍也需要10年。

年＼％	5%	6%	7%	8%	9%	10%
1	1.0500	1.0600	1.0700	1.0800	1.0900	1.1000
2	1.1025	1.1236	1.1449	1.1664	1.1881	1.2100
3	1.1576	1.1910	1.2250	1.2597	1.2950	1.3310
4	1.2155	1.2625	1.3108	1.3605	1.4116	1.4641
5	1.2763	1.3382	1.4026	1.4693	1.5386	1.6105
6	1.3401	1.4185	1.5007	1.5869	1.6771	1.7716
7	1.4071	1.5036	1.6058	1.7138	1.8280	1.9487
8	1.4775	1.5938	1.7182	1.8509	1.9926	2.1436
9	1.5513	1.6895	1.8385	1.9990	2.1719	2.3579
10	1.6289	1.7908	1.9672	2.1589	2.3674	2.5937
11	1.7103	1.8983	2.1049	2.3316	2.5804	2.8531
12	1.7959	2.0122	2.2522	2.5182	2.8127	3.1384
13	1.8856	2.1329	2.4098	2.7196	3.0658	3.4523
14	1.9799	2.2609	2.5785	2.9372	3.3417	3.7975
15	2.0789	2.3966	2.7590	3.1722	3.6425	4.1772
16	2.1829	2.5404	2.9522	3.4259	3.9703	4.5950
17	2.2920	2.6928	3.1588	3.7000	4.3276	5.0545
18	2.4066	2.8543	3.3799	3.9960	4.7171	5.5599
19	2.5270	3.0256	3.6165	4.3157	5.1417	6.1159
20	2.6533	3.2071	3.8697	4.6610	5.6044	6.7275

▲ 複利表

　　不過，只要懂得高賣低買，就可以用更大的趴數滾複利！只要價格有波動，持股就有數十趴的成長，只要一年之內股價發生腰斬，股票張數就可以成長一倍，若加上放空，股票張數成長就可以增加兩倍。當好股票遇到倒楣事，可是此方法發揮威力的時候，這可不是5%複利滾存的遊戲，而是用10%、20%、30%、50%、100%、200%的速度去成長你的持股張數。價格跌越多，低價買回的數量也越多，這樣想讓我期待上漲，也期待下跌，漲跟跌我都很開心，每次的下跌都意味著持股數量將增加，每次的上漲意味著我的財富又要成長。

　　這裡必須提醒投資人，任何交易方式都有風險不保證獲利，只要是企圖低買高賣就會有出錯的時候，但只要順著趨勢持有「長期觀點」，不被短期虧損擊退，持之以恆，勝利終將站在我們這邊。

大師語錄

「讓趨勢成為你的朋友。」

——彼得·林奇（Peter Lynch）

6. 無本加碼法

經過上一章節「財富倍增計畫：高賣低買買更多」。對於買進以後，股價下跌，你會有完全不同的想法和看法：對於股價下跌不再害怕，甚至會感到期待和興奮。因為這代表財富成長的機會來臨。跌越多，股票持有數量越多，這是「財富倍增計畫：高賣低買買更多」，現在分享「財富倍增計畫：無本加碼法」，股價上漲，除了賺取價差之外，還可以增加持股數量，而且最棒的是，加碼買進的股票不用拿出你額外的本錢，你說，這不是很令人期待嗎？這個方法在華爾街已經有成功案例，在《新世紀金融怪傑》這本書裡，介紹一位投資者，他用這個方法賺取倍數的績效，轟動華爾街，成為一項傳奇，當我知道這個投資方法之後，興奮到睡不著，有如中樂透頭彩般興奮。中樂透，只是得到一筆錢財，錢財有花完的一天，但是學到賺錢的方法，是可以複製的，可以靠著這財商知識不斷的在市場上提款。美國第一位億萬富豪洛克斐勒說：**「就算奪去我現在的所有財富，將我丟到無人的沙漠，只要有一支駱駝隊經過，我就可以很快又富裕起來。」**這是多麼豪氣的一句話啊！因為他知道賺錢的方法，他有賺錢的本事，有自信可以從零開始再創奇蹟。腦袋裡的東西比口袋裡的東西值錢，黃金和知識，我選擇知識。

如果你幸運擁有一檔漲不停的股票50張，價格從50元漲到200元，

資產**翻**了四倍，但50張股票終究還是50張，但是利用這個無本加碼法，你手上的股票張數會變多，不用拿出本錢就可以加碼。我們先算一下股價從50元漲到200元，每漲10元加碼10張股票，一路加碼到190元（200元時不加碼），你所需要的資金是2,000萬，持有的股票是190張。

● 你所需要的資金是2,000萬

　　　50元 * 50張
　+ 　60元 * 10張
　+ 　70元 * 10張
　+ 　80元 * 10張
　+ 　90元 * 10張
　+ 　100元 * 10張
　　⋮
　+ 　190元 * 10張
　= 2,000萬

● 你賺的錢是 1,800萬

　　　（200-50）元 * 50張
　+ （200-60）元 * 10張
　+ （200-70）元 * 10張
　+ （200-80）元 * 10張
　+ （200-90）元 * 10張
　+ （200-100）元 * 10張
　…
　…
　+ （200-190）元 * 10張
　=1,800萬

　　我們要如何做到無本加碼法呢？用融資操作。假設用50元買進50張融資股票，波段操作，50元漲到200元資產翻了四倍，但是股票還是50張，若我們在中途將股票賣出再買回，就可以持有更多的股票。不用靠高賣低買換取更多的股票，只要賣出再用原價買回，就可以得到更多張的股票，因為使用融資的關係，任何時候融資買股，只需要當時股價的四成，我們可利用融資滾複利。

舉例來說：

● 50元股票，買進50張融資，你所需要的本金為100萬。
　　50張*50元*0.4*1000 = 100萬

● 當50元股票漲到60元，你賺的錢50萬。
　　50張*10元*1000 = 50萬

● 賣掉以後，你可以拿回的資金是150萬。
　　100萬本金 + 賺50萬 = 150萬

● 60元的股票融資一張需要的資金是2.4萬。
　　60元*1000*0.4 = 2.4萬

● 你可以買的最多張數是62張。
　　150萬/2.4萬 = 62.5（取整數，最多可買回62張）

　　50張成長到62張是加碼12張，這多出的12張股票是利用融資槓桿達成的。無須另外拿出資本。同樣的，等股價從60元漲到70元，我們一樣可以如法炮製再「換」一次。

　　承上，繼續交易，當股價從60元漲到70元，你可以拿回的本金是212萬，當你原價再投入融資買進，可以買的張數最多是75張。

● 當60元股票漲到70元，每張賺1萬你持有62張，你總共賺62萬。
　62張 * 10元 * 1000 = 62萬

● 將股票賣掉以後，你可以拿回的資金是212萬。
　150萬本金 + 賺62萬 = 212萬

● 70元的股票融資一張需要的資金是2.8萬。
　70元 * 1000 * 0.4 = 2.8萬

● 你可以買的最多張數是75張。
　212萬 / 2.8萬 = 75.7（取整數，最多可買回75張，等於加碼13張）
　75-62 = 13 張

　　承上，繼續交易。

● 當股價從70元漲到80元，你賺的錢是75萬。
　75張 * 10元 * 1000 = 75萬

● 將股票賣掉以後，你可以拿回的資金是287萬。
　212萬本金 + 賺75萬 = 287萬

● 80元的股票融資一張需要的資金是3.2萬。

   80元*1000*0.4 = 3.2萬

● 你可以買的最多張數是89張。

   287萬/3.2萬 = 89.7（取整數，最多可買回89張，等於加碼14張）

   89-75 = 14張

　　我們來列一個表，股價從50元漲到200元，每漲10元換一次，看看最後能換到多少張股票。

股價 （元）	賺 （元）	賣掉拿回本金 （元）	融資每張金額 （元）	可買回張數 （張）	加碼張數 （張）
50		1,000,000	20,000	50	
60	500,000	1,500,000	24,000	62	12
70	620,000	2,120,000	28,000	75	13
80	750,000	2,870,000	32,000	89	14
90	890,000	3,760,000	36,000	104	15
100	1,040,000	4,800,000	40,000	120	16
110	1,200,000	6,000,000	44,000	136	16
120	1,360,000	7,360,000	48,000	153	17
130	1,530,000	8,890,000	52,000	170	17
140	1,700,000	10,590,000	56,000	189	19
150	1,890,000	12,480,000	60,000	208	19
160	2,080,000	14,560,000	64,000	227	19
170	2,270,000	16,830,000	68,000	247	20
180	2,470,000	19,300,000	72,000	268	21
190	2,680,000	21,980,000	76,000	289	21
200	2,890,000	24,870,000	80,000	310	21

驚人的發現，透過無本加碼法可以在190元的時候，加碼到289張股票，漲到200元賣掉可以拿回2,487萬現金。而你一開始只使用了100萬現金，這也是你全部的本金，資產翻了24.87倍。

注意事項

1. 不會停損的人不能用

融資不停損，會被追繳會斷頭，不會停損的人不能使用此方法，以免好方法敗在人性，反而成了傷己的武器。

2. 首先要有選股功力

這方法威力強大，不過賺錢的前提是要找到一檔能夠上漲一大段的股票，這種股票最好具有良好基本面、有業績加持，以及技術面線型強的股票。

3. 慎選加碼點

這個方法成敗與否除了選到漲不停的股票以外，加碼時機也是重點。加碼的位置不好，在高檔持有較多的股票，股價拉回會受傷的。

4. 計算加碼張數

每一筆投資都要想到萬一失敗會如何，不可只抱著成功會賺多少的期望。從第一筆單要買多少張，接下來每筆加碼單（換股）何時進場，加碼多少張數，都要事先計算、考量風險。這裡請讀者留意以上的例子，都只

是在舉例「無本加碼法」如何讓資產倍增，並不是告訴投資者：

❶第一筆就要買滿，安全的投資是先去槓桿，再漸增槓桿。

❷每漲10元就加碼一次。

❸每次加碼都加到滿。

以上，一定要特別注意。

5.每筆加碼（換股）都要先設定停損點，並且計算萬一停損發生損失是否控制在安全範圍內。

6.可用主力成本線控盤

例如矽品（2325）用主力成本線控盤。

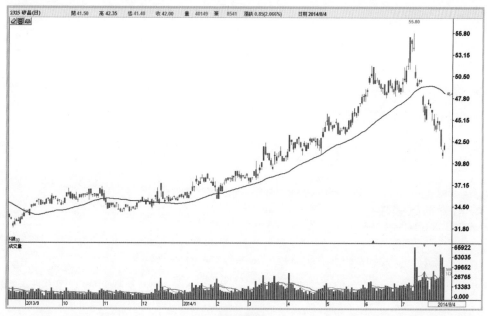

▲ 矽品

7. 可結合「股票倍增：高賣低買買更多」

讓下跌時股票倍增、上漲時股票也可倍增。這兩個方法都不用另外拿出本錢，就可以讓股票倍增，方法已經學到，剩下是執行。知識本身不會產生力量，執行才會。

先練習再上場

相信讀者讀到這裡一定充滿了喜悅，介紹了不用拿錢就可以加碼的方法，也許你正躍躍欲試，但是這方法擴大槓桿的關係威力比較大，包括賺錢和賠錢。我建議投資人拿錢嘗試之前先在家做充分練習，多找幾支股票模擬交易，模擬交易的過程你會發現問題，這很好，因為你正在模擬交易而不是真槍實彈上場，你有時間思考怎麼做比較好，做不好你可以重來一次，真實交易不行。

> **大師語錄**
>
> 「要在別人貪婪的時候恐懼，而在別人恐懼的時候貪婪。」
>
> ——華倫・巴菲特 （Warren Edward Buffett）

7. 選擇權買方倍數獲利

均線的操作可以在股票市場賺錢，當然也可以應用在選擇權上，賺錢道理是相通的，不同商品差異就在商品特性不同而已。選擇權是我的專長，我每天交易選擇權，交易選擇權就是我的工作，我想以我在選擇權市場上下的功夫和長年累積的交易經驗，可以幫助讀者快速學習選擇權。選擇權這商品比較複雜，阻礙了部分投資人的學習意願，其實交易選擇權可以很簡單的，交易就是要把複雜東西簡單化，簡單的事情重複做。現在就讓我用簡單的敘述告訴大家，如何用一條均線賺取選擇權買方獲利的方法。

選擇權分成選擇權買方和選擇權賣方兩種，選擇權買方類似股票權證，是放大槓桿的衍生性金融商品。權證標的物是股票，而選擇權的標的物是台指期，若看多台指期（上漲），則要交易買進買權BUY CALL，若看空台指期（下跌），則要交易買進賣權BUY PUT。作多BUY CALL、作空BUY PUT，有了多空簡單概念之後，我們就來看看如何將均線控盤法應用在選擇權上。

台股用主力成本線（40MA）控盤，不過若是使用40日均線來交易選擇權可能會是一場災難，節奏太慢了。以40日均線當出場條件，選擇權

買方權利金價格不知道打幾折去了，我們來看台指期與40日均線走勢圖，若價格站上40MA買進跌破40MA賣出，那麼大部分時候是白忙一場，很容易會從賺錢變成倒賠。選擇權買方有個特性，就是期貨價格走出去再走回原點，選擇權買方是賠錢的，因為時間價值的消耗。以下箭頭所示的部分就是行情走出去再走回來的情況：選擇權買方會由賺到賠，所以不建議用40MA當做選擇權買方的進出依據。選擇權買方特性是對期貨價格走勢靈敏，漲得快跌得也快，所以在均線的選擇我們要用更短天期，可以考慮用**5日均線**。

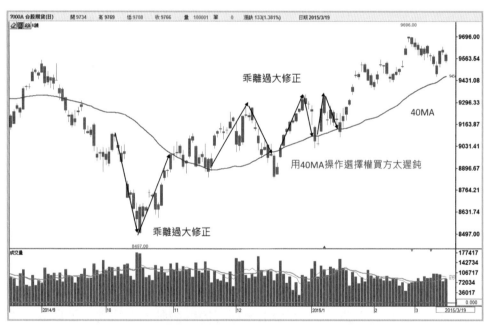

▲ 台指期走勢圖：用40MA操作買方不適用

買方要避免追高

買方的價格漲得快跌得也快,追價對買方不利,最好買在行情起漲點,因為走勢的中途進場,無法保證進場之後行情還會走得遠。如下圖右,漲了幾天以後,進場買在高點之後回檔會造成買方損失,買方的優點是槓桿高,缺點是勝率低。要交易買方,我們就要改善買方的缺點,也就是把重點放在提高勝率。在價格穿越均線時,買進勝率比追價高,如下圖左,K線穿越均線買進。

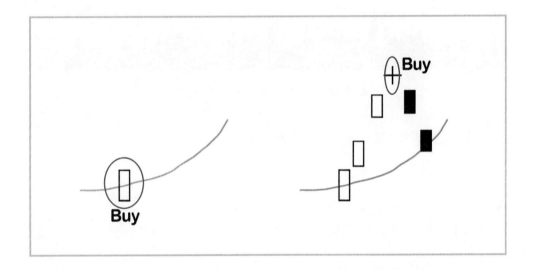

以下是台指期和5日均線走勢圖,我們在5日均線上揚,且日K由下往上穿越5日均線買進BUY CALL,都有機會發動一波漲勢,進場以後不要太早獲利出場,接下來用5日均線控盤,價格沒有跌破5日均線,就繼續持有多單,直到跌破5日均線再出場。

▲ 台指期走勢圖：用5MA操作買方。

　　我們取圖中兩段當案例，A段和B段。

A段

- 2014/12/19 台指期站上5日均線作多，2014/12/31 日盤中跌破5日均線出場。

　　進場價格是8962，出場價格是9271，台指期獲利309點。

　　9271-8962=309

- 若是用選擇權買方交易，BUY CALL 9000 一月份合約

　　進場價格是125，出場價格是309，獲利1.47倍。

　　股票價格從125上漲到309可能需要一年的時間，但是選擇權只需要幾天。選擇權買方大大縮短了財富成長的時間。

B段

- 2015/01/20台指期站上5日均線作多，2015/01/29盤中跌破5日均線出場。

  進場價格是9220，出場價格是9480，台指期獲利260點。

  9480-9220=260

- 若是用選擇權買方交易，BUY CALL 9300 一月份合約。

  進場價格是117，出場價格是242，獲利1.06倍。

　　兩倍獲利在選擇權買方世界並不新鮮。我知道K線站上5日均線，未必會成功上漲，但是一旦成功就有機會漲一段，槓桿高的買方有機會獲利一倍以上。只要設好停損，賺賠比就可以拉開。任何交易訊號都不是絕對100%，會有失敗的時候，**所有的技術分析都是機率，機率代表不確定，不確定會漲或者會跌**，這也是投資人困擾的地方。這次股價突破5日均線買進，成功上漲，下次股價突破5日均線買進卻下跌。在不確定的情況下，要賺錢就要拉開賺賠比，限制虧損並且讓獲利奔馳　，這也是所有投資大師的共同觀點，讓一次大賺可以抵過多次的停損，如此就算勝率不到五成一樣可以賺錢。這也是為什麼一般順勢交易的勝率只有三、四成，還能賺錢的原因，這也是我鼓勵投資人順勢交易且將戰線拉長的原因，找到有趨勢的商品並且抱住獲利讓獲利放大，才容易克服短期的不確定性。

　　接下來，我們利用日盛HTS寫交易訊號，在K線穿越5日均線時顯示BC（BUY CALL的縮寫），以下是範例：

公開HTS程式碼，使用系統日盛HTS

```
// File name: BUY CALL 均線倍數買點
// Written by 獨大
// Last modeifed: 2015.03.18
Parameter: LL（5）  //均線參數，預設5MA


   IF  MA（CLOSE,LL） >  MA（CLOSE[1],LL） THEN
   // 如果均線上揚
      IF  CLOSE CROSS ABOVE  MA（CLOSE,LL） THEN
      // K線突破均線
      DRAWPOINT1（BottomSide,＂ BC＂）
      //在K線下方標註 ＂ BC＂
         END IF
      END IF
```

利用HTS在線圖上標註買進點，標示效果如下圖

● 範例一：以5日均線控盤觀察2014/11/17~2015/02/26的走勢

● 範例二：以5日均線控盤觀察2014/06/12 ~2014/09/17的走勢

● 範例三：以5日均線控盤觀察2013/04/11~2013/06/20的走勢

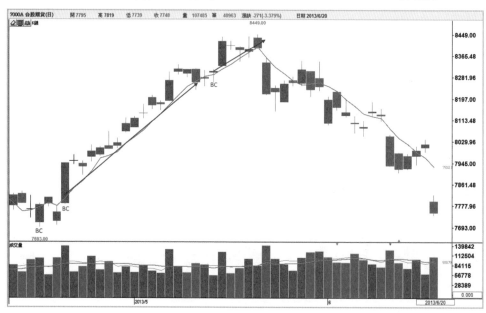

　　讀者可以發現我們用一個簡單的方法「均線操作」，可以應用在股票也能應用在期貨、選擇權。操作不同金融商品賺錢的觀念是相通的、方法是相通的，只要找到正確的操作觀念和操作方法，可以在不同商品上成功。不管操作甚麼商品都要想辦法做到賺大賠小。買方漲跌速度比較快，選用短天期的均線來操作選擇權買方。

大師語錄

「股票市場是有經驗的人獲得更多錢，有錢的人獲得更多經驗的地方。」

——約翰・朱爾（John Doerr）

8. 選擇權賣方創造現金流

你只要會設定天花板和地板

相較於選擇權買方的高槓桿，選擇權賣方操作的特色是，報酬率相對較低（大約3%~20%），但是勝率高出許多。我們要怎麼在選擇權賣方創造獲利呢？

介紹方法之前，我先簡單介紹選擇權賣方，選擇權賣方有兩個基本部位，一個是看空的SELL CALL，一個是看多的SELL PUT。

選擇權賣方的兩個基本部位：

中文	英文	含意	多空
賣出買權	SELL CALL	看不漲	看空
賣出賣權	SELL PUT	看不跌	看多

選擇權賣方的遊戲就是要**預測台股行情到結算前的可能區間，**
SELL CALL是看不漲，看不漲過哪裡是投資人要去預測和決定的。
SELL CALL 10000的意思是認為結算之前行情不會漲過10000點。
SELL CALL 9800的意思是認為結算之前行情不會漲過9800點。
SELL CALL 9600的意思是認為結算之前行情不會漲過9600點。
依此類推。

SELL PUT是看不跌，看不跌破哪裡是投資人要去預測和決定的。
SELL PUT 9000的意思是認為結算之前行情不會跌破9000點。
SELL PUT 8900的意思是認為結算之前行情不會跌破8900點。
SELL PUT 8800的意思是認為結算之前行情不會跌破8800點。
依此類推。

　　SELL CALL是預測台股行情不會漲過的天花板，SELL PUT是預測行情不會跌破的地板。如果你同時持有SELL CALL 和SELL PUT 兩個部位，就是同時替行情設定一個天花板和地板，只要台指期結算價格落在你設定的天花板和地板中間，你就賺錢了。至於天花板和地板怎麼設定 ？觀念就是技術分析上的壓力和支撐。漲不過去的天花板就是壓力，跌不下去的地板就是支撐，所以你只要看得懂技術分析的支撐和壓力，配上選擇權賣方的賺錢觀念，你就可以為自己創造選擇權賣方現金流。

　　我們用圖來表達，比較容易了解。

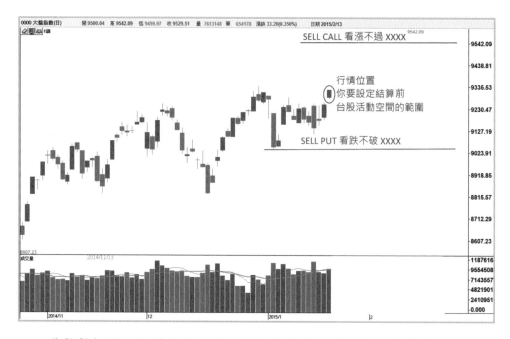

我們都知道，均線具有支撐和壓力的作用，當均線上揚趨勢向上，均線有支撐的作用；當均線下彎趨勢向下，均線就會發揮壓力的作用。我們利用這個知識來交易選擇權賣方，且透過它來賺錢。月選擇權一個月結算一次，交易月選擇權賣方，**我建議的均線參數是 20，也就是 20 日均線**。這參數和月選的週期是接近的。月選擇權的賣方用月線來交易。

月選擇權賣方交易

接著，我們來觀察怎麼利用月線來交易選擇權賣方。

2014/09/22 這天如果要交易台指期選擇權賣方，20 日均線往下，選擇 SELL CALL 看不漲，均線的位置是 9344，選擇權的履約價都是整數，在 9344 附近的履約價是 9300、9400，我們選擇 9400 比較保險

這天我們 SELL CALL 9400 （看不漲過 9400）。

接下來幾天的走勢往下跌，2014/10/15結算這天跌到8641，沒有漲過我們2014/9/22定的天花板9400，我們的SELL CALL 9400順利賺錢入袋。

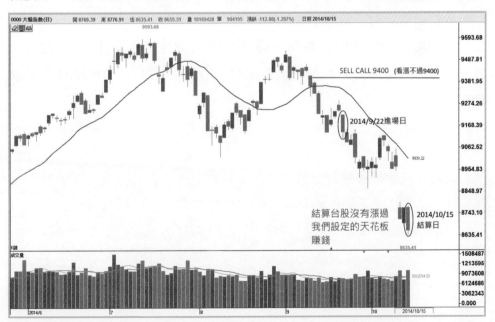

　　由圖可以看出，2014/09/22以後的每一天要進場SELL CALL 看不漲，都可以選擇月線的位置當作天花板，月線下彎價格不容易漲過。

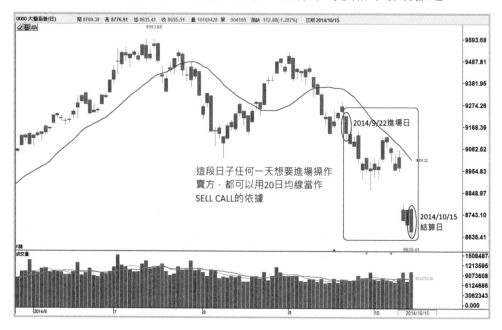

　　我們再看看另一個例子。

　　2015/01/21 這天要進場交易選擇權賣方，月線往上建議選擇SELL PUT，履約價選擇20日均線的位置9211，取整數 SELL PUT 9200 看不跌破9200。

接下來幾天台股走勢上漲，2015/02/24結算這天，漲到9640在我們設定的地板9200之上。SELL PUT 9200順利獲利入袋。

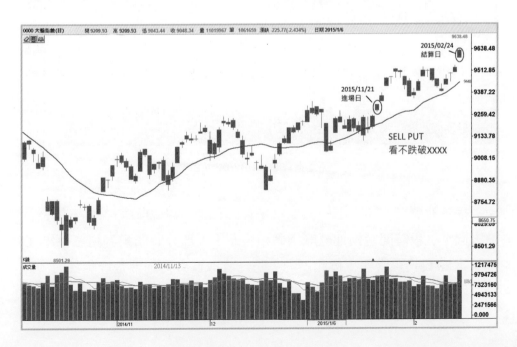

順著趨勢操作具有優勢

　　我們將台股走勢圖拉長來看，圖一是20日均線和加權指數的關係圖，箭頭標註的地方是結算日期，當趨勢往上K線大部分時間在均線之上，我們選用均線當作賣方操作的依據，可以大大提升賺錢的機率。趨勢往上我們作多，在支撐處SELL PUT。結算日那天沒有跌破你設定的支撐位置你就獲利入袋。

▲ 圖一　加權指數 2014/02/05 ~ 2014/08/27

　　接著看圖二，圖上以箭頭標示結算的日期，以20日均線代表價格行進方向，這段時間台指期經歷空頭和多頭，大部分時間順著趨勢操作 並且選定20日均線當作支撐和壓力，防守收取賣方權利金是會賺錢的，但是以均線當作操作依據要留意會賠錢的部分。

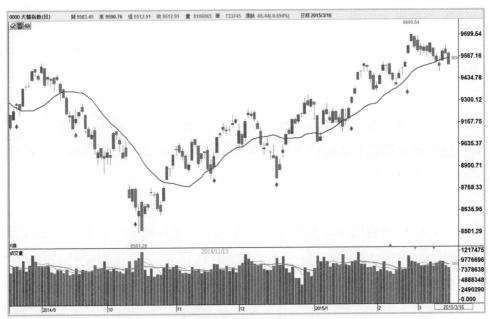

▲ 圖二　加權指數 2014/08/18~2015/03/16

均線控盤賠錢的時候

1. 趨勢末段多空轉折處

我們順著趨勢操作，總會在走勢的盡頭買錯，當順勢交易以後發現自己買在高點，行情不再持續，請按照自己設定的停損價格出場吧。趨勢的改變可以用均線方向的改變來衡量。均線不再上揚改成均線下彎，由多翻空。

2. 乖離過大進場

漲了一段以後進場有可能遇到價格拉回的情況，這一段拉回的過程會讓部位賠錢。

3. 盤整區，均線難用

盤整區價格會在均線上方下方穿梭、均線會糾結，均線控盤、均線交叉在盤整區會失效。

看到這裡讀者應該很有興趣開始嘗試交易選擇權，它並不難。選擇權賣方是一個勝率比較高的商品，只要你懂技術分析，會研判走勢的方向，找得到支撐和壓力在哪裡，用它來設定行情的地板和天花板，就可以交易選擇權賣方，溫馨提醒，操作最重要的是風險控管，先掌控了風險再追求獲利。

結　語

　　感謝許多網友的長期支持，這是我的第一本著作，希望這本書能夠帶給大家一些投資上的幫助。

　　寫書，對我來說，就像經營部落格，是用真誠在對待每一位讀者。這本書有別於一般的技術分析書籍，除了講述道理外，還著重交易的實戰面。透過書中許多真實案例，我想帶給讀者的是寶貴的交易經驗，當然也包括失敗的經驗。讀者可以從中吸取養分，你會在本書中得到共鳴：**原來投資上的蠢事大家做的都一樣，而贏家都是和我們反著做。**所以只要我們改正自己的交易缺點，克服人性的弱點，就能成為投資市場上的贏家。要贏錢，觀念要先正確，再來才是投資方法，所以書的最後，我也提供了幾個簡單、有效的賺錢方法給讀者。

　　成功之前永不放棄，只要持之以恆，重複做對的事情就會成功！最後，套用洛克斐勒說的話：「知識本身不會帶來力量，執行才會。」

獨孤求敗贏在修正的股市操盤絕技 / 獨孤求敗著.
-- 初版 . -- 臺北市：今周刊 , 2015.08
　面；　公分 . -- (投資贏家系列；IN10017)
ISBN 978-986-91371-7-1(平裝)

1. 股票投資 2. 投資技術 3. 投資分析

563.53　　　　　　　　　　　104010564

投資贏家系列 IN10017

獨孤求敗贏在修正的
股市操盤絕技

作　　　者：	獨孤求敗
行銷企劃：	胡弘一
責任編輯：	陳雅如
內文排版：	健呈電腦排版股份有限公司
封面設計：	黃馨儀
校　　　對：	王翠英 / 林偉國
圖片來源：	悅陽科技鑫豐股票軟體

出 版 者：	今周刊出版社股份有限公司
發 行 人：	謝金河
社　　　長：	梁永煌
總 編 輯：	巫曉維

地　　　址：	台北市南京東路一段 96 號 8 樓
電　　　話：	886-2-2581-6196
傳　　　真：	886-2-2531-6433
讀者專線：	886-2-2581-6196 轉 1
劃撥帳號：	19865054
戶　　　名：	今周刊出版社股份有限公司
網　　　址：	http://www.businesstoday.com.tw

總 經 銷：	大和書報股份有限公司
電　　　話：	886-2-8990-2588
製版印刷：	緯峰印刷股份有限公司
初版一刷：	2015 年 8 月
初版11刷：	2015 年 12 月
定　　　價：	320 元

Investment

Investment

Investment

Investment